風野真知雄

東京駅の歴史殺人事件

歴史探偵・月村弘平の事件簿

実業之日本社

実業之日本社文庫

東京駅の歴史殺人事件　目次

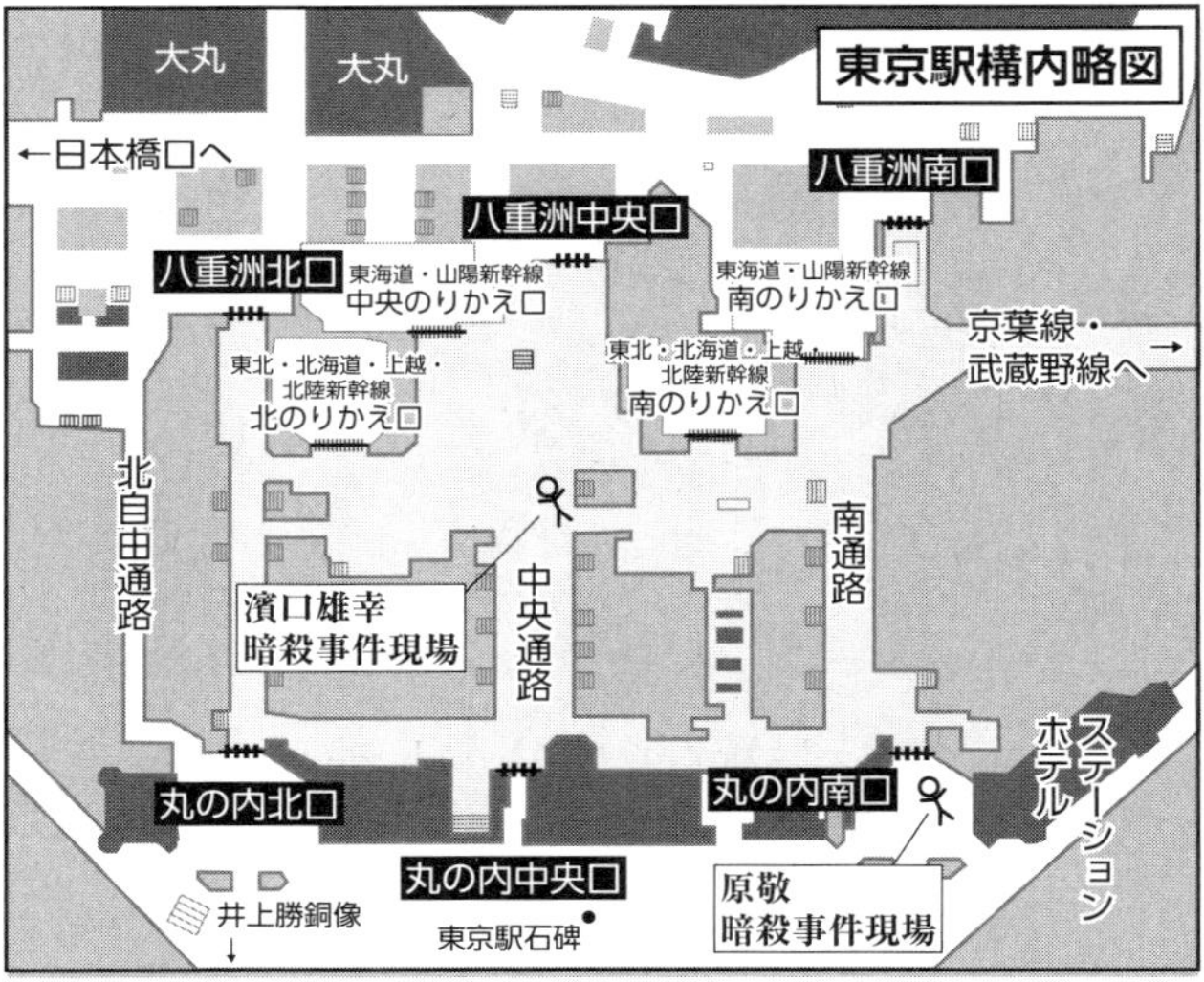
東京駅構内略図
大丸
大丸
←日本橋口へ
八重洲南口
八重洲中央口
八重洲北口
東海道・山陽新幹線
中央のりかえ口
東海道・山陽新幹線
南のりかえ口
京葉線・
武蔵野線へ→
東北・北海道・上越・
北陸新幹線
北のりかえ口
東北・北海道・上越・
北陸新幹線
南のりかえ口
北自由通路
南通路
中央通路
濱口雄幸
暗殺事件現場
ステーションホテル
丸の内北口
丸の内南口
丸の内中央口
井上勝銅像
↓
東京駅石碑
原敬
暗殺事件現場

地図製作／ラッシュ

第一章　殺人の歴史

1

「チェット。また今晩、来るからね」

玄関で、上田夕湖《うえだゆうこ》は月村弘平《つきむらこうへい》の飼い猫である牡《おす》の虎猫《とらねこ》チェットに言った。

この猫は感心なことに、主人が出かけるときと帰って来たときは、ちゃんと玄関まで来て送り迎えの挨拶をするのだ。

いまどきは、人間の奥さんはもとより、犬だって怠りがちな習慣である。

「にゃあ〜お」

「え？　また来るのかよって言った？」

まさにそんなふうな鳴き方だった。

「チェット。夕湖ちゃん、おみやげ買って来てくれるってさ」

夕湖の後ろから月村が言った。

「うん。買って来るよ」

「にゃご」

どうやら納得したらしい。

夕湖が合鍵でドアを閉め、エレベーターのない古いビルの階段を六階から一階まで下りた。このビルのオーナーの息子でもある月村は、管理人も兼ねて、六階に住んでいる。

昨夜、夕湖はカレシである月村の家に泊まった。

月村のビルは、八丁堀《はっちょうぼり》にある。先祖が、江戸時代の八丁堀の同心《どうしん》で、代々、八丁堀に住んでいるのだ。

今朝はここから桜田門《さくらだもん》前の警視庁に出勤する。

新富町《しんとみちょう》駅から有楽町線に乗れば、桜田門駅までわずか五分しかかからない。

一方の月村は、今日から二泊三日の取材旅行が入っているので、東京駅まで行く。夕湖が今晩もここへ来るのは、チェットに餌《えさ》をやり、飲み水を替えるためなのだ。

だから、ビルを出たところで別れるはずだったが——。

夕湖の携帯電話が鳴った。

「もしもし」

「お前、今日、カレシの家だろう？」

上司の吉行《よしゆき》巡査部長がいきなり言った。

「え？」

「おれの勘は鋭いんだ」

「……」

夕湖の実家は石神井《しゃくじい》公園にある。

昨夜は会議で遅くなり、庁舎を出たのは九時ごろだった。あの時間なら、ふつうは実家まで帰るのに、なんでわかったのだろう。喜びのオーラでも出していたのか。

「いいから、東京駅に来い。殺しだ」

「殺しですか？　東京駅で？」

「丸の内側の南口改札のところまで来い。いいな？」

「わかりました」

というわけで、いっしょに東京駅に向かった。

朝の通勤バスは次々に来るが、タクシーを拾った。

「丸の内側の南口まで」

と、月村が言った。

「え、八重洲口《やえすぐち》でいいよ、月村くん」

新幹線は八重洲口のほうが近いのだ。

「いや、まだ道は空《す》いてるから。八重洲のタクシー降り場から丸の内側までは、けっこう歩かなくちゃならないよ」

月村は優しい。

タクシーのシートに座って、窓の外を見ながら、

「あーあ、まだ早いから、喫茶店でゆっくりコーヒーでも飲んでから入るつもりだったのになあ」

と、夕湖は愚痴《ぐち》った。

朝の七時。郊外はともかく、このあたりはまだ動いている人は多くない。

「東京駅のなかだったら、大騒ぎだろうね」

運転手の手前、「殺し」という言葉は避けて、月村は言った。

「でも、皆、通勤通学で急いでいるから、ただ通り過ぎるだけだと思うよ」

「そうか」

だいたい、誰も殺人事件の現場なんか見たくもないだろうから、それは冷たいというのとはちょっと違うだろう。

月村が言ったように、タクシーはたちまち丸の内側の南口前に着いた。

乗車券販売機の前は、かなり広い範囲をシートで囲まれていた。

となると、遺体発見はだいぶ前だったのだろう。

「じゃあね、月村くん」

「うん、頑張って」

月村は夕湖に軽く手を上げて、中央口のほうへ向かった。

あとで聞いたら、このときは月村も殺害現場の異常性には気がつかなかったらしい。

2

ブルーシートをくぐってなかに入ると、すぐに吉行と目が合った。

「お、来たか」

「はい」

なかに遺体はない。

いるのは警察官ばかりらしい。

「救急車で搬送されたが、駄目だった。毒を飲まされたらしい」

「なんで殺人とわかったのですか?」

夕湖は訊《き》いた。自分で飲んだのかもしれないではないか。

「当人が言ったのさ。毒を飲まされた、救急車をって」

「ははあ」

「誰にとは言わなかったそうだ」

「知らない相手だったんですかね?」

「あるいは苦しくて言えなかったかだな」

「あ、はい」

「どこで飲まされたのか。監視カメラを急いで見たんだが、ここに来るときは、しっかりした足取りだった」

「では、ここで?」

「わからないんだ。カメラはそこで、死角もあるしな」

夕湖は、指差されたカメラのほうを見て、さらにチョークで線を引かれた人形を確かめた。角度からすると、まっすぐ視界に入っているが、大きな柱もあり、その陰になったのかもしれない。

「目撃者は？」

「まだだ。聞き込みもおこなっている」

「わたしもそっちを？」

「いや、お前はホテルに行ってくれ」

「ホテルはどこですか？」

「この上だ」

「この上、ホテルなんですか」

東京駅のなかにホテルがあるなんて、いままで知らなかった。

「ホテルの部屋のキーがポケットに入っていた。すでに鑑識も向かっているので、お前は丸の内警察署の本間《ほんま》くんといっしょに立ち会ってくれ。荷物はこっちで引き取るので、中身は見ておいてもいい。なにか重大なことがわかったら、すぐに連絡をくれ」

吉行は早口で言った。

「本間です」

丸の内警察署の若い刑事が挨拶した。

ヘアスタイルが刑事らしくない。アニメの〈おそ松さん〉に似ている。歳《とし》は、同じくらいか。ということは、刑事としては駆け出しだろう。

「上田です。よろしくお願いします」

まずはフロントに行った。

鑑識は十五分ほど前に来たばかりだそうで、夕湖も部屋へ案内してもらった。

エレベーターで三階へ。

恐ろしく長い廊下がつづいている。だいたい東京駅が横に長いから、その上にあるホテルも当然横に長い。

「こちらです」

案内係は30××号室のドアプレートを指差した。

それからノックをし、恐る恐る開いた。

鑑識課員が二人いて、ベッドを調べているところだった。

そのようすを部屋の端で見ながら、本間刑事は手帳を取り出し、

「すでにわかっていることを上田さんにお伝えしておきます」

と、言った。

夕湖も手帳を出し、

「お願いします」

「名前は永浜三起矢《ながはまみきや》。漢字はこうです」

と、本間は自分の手帳を見せた。

「はい」

「年齢二十八歳。広島の銀行に勤めるサラリーマンです」

「会社に連絡は？」

「すでに取ってあります。今日の月曜日はとくに欠勤届は出ていないそうです。また、東京出張も入っておらず、金曜日は八時に退社しているとのことでした」

「はい」

「ただ、それからすぐに東京に来たかどうかはわかりません。このホテルは一泊だけです」

「チェックアウトは？」

「まだだったようです」

「でも、広島までだと、六時の新幹線でもぎりぎりですよね」

「なるほど」

「ま、そこらはスマホで調べているでしょう」

「実家は、県内の福山の在で、やはり広島の飲食店に勤務する兄が、遺体確認のため、東京に来るそうです。到着は十一時近くになるだろうということです」

「そうでしょうね」

「そんなところですかね」

「ここのホテルの室内係の詳しい話は聞きました？」

「まだです。そうか、それも聞かなきゃ駄目ですね」

「あとにしましょう」

と、夕湖は鑑識課員の仕事のようすを見た。

本間刑事が部屋の窓の外を見ながら言った。

「変な部屋ですね」

「そうですか？」

「外じゃなくて、駅のなかが見えますすよ」

夕湖も窓のそばに寄った。

「ほんとですね」

　駅のなかと言ったが、改札口の外のコンコースのホール全体が見えている。もちろん改札口が見えているから駅のなかも少しは見える。

「でも、反対側にも部屋がありますよね？」

「ありますね」

「あっちの部屋は、このホールと、駅のホームと、両方見えるんですかね？」

「どうなってんでしょうね？」

　夕湖などはそもそも東京駅にホテルがあることも知らなかったくらいだから、どういう造りなのかなんて知っているわけがない。

「ここ、高いらしいですよ」

　と、本間刑事は言った。

「そうなんですか？」

「自分の親戚《しんせき》が、結婚式に出るのに田舎から来たとき、ここに泊まろうと思ったけど、あんまり高いのでやめたって言ってましたから」

「いくらくらい？」

「それはツインだったけど、なんでも十二万とか言ってました」

ホテルには悪いが、十二万もする部屋には見えない。

「ここは外が見えないから安い部屋なのかもしれませんね」

「そうかもね」

改札口からは、通勤客が次々に吐き出されて来る。派手な色の服はほとんど見られず、六月だというのに黒が圧倒的に多い。

――アリみたい。

不謹慎だが、そう思ってしまった。

しょせん、自分だってそのアリの一人なのだ。

「洗面台にルミノール反応が出てますね」

鑑識課員が、もう一人の同僚に言った。

もう一人は、永浜のリュックの中身を並べて撮影している。

「多量にか？」

「洗い流したでしょうからわかりませんが、それほどではないと思います」

「わかった。それはうまく採取しといてくれ」

「わかりました」


「十二万！」

二人のやりとりに耳を傾けてから、

「いちおう、リュックの中身を確認しておきましょう」

と、夕湖は言った。

たいしたものはない。

着替えたものらしい下着とシャツ。

男物のオードトワレ。

持ち帰るつもりだったらしいこのホテルの小さなタオル。

ノートパソコンはない。最近の若者は、スマホで用が足りるので、パソコンを持たないと聞いている。もっとも、会社に行けば、備え付けのパソコンを使っているのだろうが。

あとは、時刻表が一冊。

いまどき時刻表を持っているのは珍しい気がした。

と、そこへ――。

吉行と丸の内警察署の刑事が来た。

「おい、上田。こっちにガイシャのスマホはなかったか？」

「え？　持ってなかったんですか？」

「救急車で運ばれたときもなかったらしい」

「こっちもないですよ」

スマホを持って行かれたりしていたら、捜査には痛手となる。現代人の暮らしは、ほとんどがスマホのデータに記録されていると言っても過言ではない。ラインのやりとりや、電子マネーの決済まであったりする。GPSのデータも大きな手掛かりである。

なにか事件に巻き込まれたとしても、スマホからさまざまなデータを入手できるのだ。

「わかった。それと、被害者の兄が来たら、お前たちで話を聞いといてくれ。たぶん、病院のほうに行ってもらうと思う」

吉行はそう言って、現場にもどって行った。

それから夕湖と本間刑事はフロントに行き、被害者の予約のことを訊いた。

「あの部屋は、いつ予約が入ったのでしょう?」

夕湖がフロントのホテルマンに訊いた。

ホテルマンは、カウンターの裏にあるパソコンの画面を見て、

「ええと、一週間ほど前ですね。コンコースを眺められる部屋というご要望でした」

「え？　あの部屋を希望したんですか？」

本間刑事が意外そうに訊いた。

「けっこう、たくさんいらっしゃいますよ。駅のコンコースを眺められるホテルというのは珍しいですから」

「なるほどね」

それから客室係を呼び出してもらい、

「３０××号の客なんですが、昨夜はなにか、変わったことはなかったですか？」

と、夕湖が訊いた。

「いや、とくには」

「部屋から電話があったりも？」

「ありませんでした」

「客が訪ねて来たりは？」

「そこまではちょっと……」

「監視カメラは廊下にはないのですか？」

「ございますが、なにせ廊下が長いので、途中の部屋の出入りは確認が難しいかもしれません」

「それは、われわれが確認しますよ。お借りできますね？」

と、本間刑事が顔に似合わない有無を言わさぬ口調で訊いた。

「はい。ただいま、お持ちいたします」

そう言って、五分くらい待つと、封筒に入れて、コンパクトディスクに落としたというデータを持って来た。

あとはとくに訊《たず》くこともない。

また、なにか訊ねるかもしれないがと、引き取ってもらった。

3

被害者の兄が到着するのに合わせて、夕湖と本間刑事は永浜が緊急搬送された病院にタクシーで向かった。毒を飲んだらしいというので、救急隊員は御茶ノ水の東京医科歯科大学病院へ搬送していた。

兄がまっすぐそっちに向かったというので、夕湖と本間刑事はすぐに病院に入った。遺体を確認するようすも見なければならないので、先に入ったのだ。それは刑事たちにもつらい仕事だった。

十五分ほど遅れて霊安室に来た被害者の兄は、遺体を見て、

「間違いありません」

と、言った。

幸い、取り乱すことはなかった。

呆然《ぼうぜん》としている兄に、

「ご遺体はどうなさいます？」

と、本間刑事が訊いた。

「じつは、おやじもガンで入院してるのですが、余命もあまりないという状況でして」

「そうでしたか」

「実家に連れて行っても、ろくな葬儀もできないし、おやじがもうすぐおれも骨になるから、東京で荼毘《だび》にふしてくれという話になりました」

「わかりました」

警察に出入りの業者を手配することになるだろう。

「それで、ちょっとお話を伺いたいんですが」

本間刑事は言った。

「はい」

病院の待合室に行き、向かい合わせに座ったあと、

「弟さんに最近、お会いしましたか？」

と、夕湖が訊いた。

「この前会ったのは半年くらい前でした。兄弟でも、そう頻繁《ひんぱん》には会わないものですから」

「そんなものですよね」

夕湖も兄とは二年以上会っていない。

「三つ違いなんですが、子どものときから性格が違ってましてね。わたしは、相当、やんちゃで鳴らした口でしたが、弟は勉強もできたし、家でおとなしくしているほうだったもので」

「おとなしかったんですね」

「ええ」

「喧嘩《けんか》とかも？」

「ほとんどしてないでしょう」

「誰かに恨みを買うというようなことは？」

「ま、社会生活を送れば、どこでどんな恨みを買うか、わからなかったりするのでしょうが、弟の場合はそう多くはなかったのでは」

本間刑事がちょっと間を置いてから、

「弟さんが泊まられたホテルは高いんですよ」

と、言った。

「そうですか」

「誰か付き合っている女性がいるとかは？」

あの部屋に女性を入れようとしたと、想像したのか。

女性の恨みによる毒殺もあり得るかもしれない。

「いやあ、聞いてないです。ただ、弟はもてるタイプじゃなかったですからね。シャイだったし」

シャイだからもてないとは限らない。

月村もかなりシャイである。あ、やはりもてないか。

「会社の出張も入ってなかったそうです」

「はあ」

「なんで、東京に来たか、お兄さんが想像できることってあります？」

「弟は鉄道マニアみたいでした」

「鉄道マニア？」

「高校のときから鉄道は好きだったんです。大学に入ってからは卒業したと思っていたんですが、一度、あいつのマンションに行ったとき、本棚とかに鉄道の本とか、モデルとかがあって、まだ好きなのかって訊いたことがありました」

「それでなんと？」

「一度、離れてたけど、またぶり返したって」

「すると、いまも鉄道マニアではあったんですね」

「わたしは、そっちは興味ないからよくわかりませんが、東京駅のホテルっていうのは、マニアだったら泊まりたいのかも」

「なるほど」

と、本間刑事はうなずいた。

夕湖も、それは納得できる。

だが、鉄道マニアだから毒殺されたという理由にはならないだろう。

4

捜査本部が立ち上げられた。

看板は、〈東京駅丸の内南口殺人事件捜査本部〉。

本部長は、丸の内警察署長である。

警視庁からも、捜査一課長以下、大滝豪介《おおたきごうすけ》や上田夕湖たち刑事七人が応援に駆けつけている。

進行役である丸の内警察の捜査一課長から、まず事件の概略が、映像とともに説明された。

「東京駅丸の内南口の券売機の前に、男性が苦しげに座り込んでいるのを見た通行人が駅員に連絡し、救急車を呼んだのが五時十分ごろです。救急車が到着し、五時三十五分には御茶ノ水の東京医科歯科大学病院へ運び込みましたが、すぐに死亡が確認されました。毒はアルカロイド系のもので、コーヒーに混ぜて飲ませたようです」

「五時十分というのは早いね」

前に座った警視庁の捜査一課長が言った。

「早いですが、東京駅の改札口はすでに開いていました。だよな?」

と、進行役が前のほうにいた丸の内警察の年配の刑事に答えをうながした。

「はい。東京駅は、中央線の高尾行きの電車が四時三十九分発で、これが朝いちばんの電車になりますから、四時三十分ごろには改札も開いています」

「中央線? 山手線のほうが早いんじゃないの?」

「山手線はもっと早くに動き出しますが、東京駅に来るのは、上野方面が四時五十分、品川方面も同じく四時五十分になります。ちなみに、京浜東北線の大宮行きはもっと早く、四時四十四分に東京駅発になっています」

「新幹線は?」

「新幹線は遅いです。始発が六時ですから」

「そうなんだ」

警視庁の捜査一課長が納得すると、丸の内警察署の署長が、

「ちなみに、いまの笹山《ささやま》刑事は、元鉄道公安官です」

と、自慢げに言った。

「あ、なるほどね」

鉄道公安官とは、国鉄時代に列車内の犯罪に対処するために存在した職業で、警察官とほぼ同じ仕事をし、拳銃《けんじゅう》なども携行できた。だが、国鉄民営化とともに、消滅してしまった職業である。

「それで、被害者が最初に声をかけた通行人——これは女性客だったそうですが、毒を飲まされたと言ってましたよと駅員に伝えていました。その女性客は現在、捜していますが、まだ見つかっていません」

進行役はそこで、被害者の顔を映し、

「被害者は、永浜三起矢、二十八歳。広島東洋銀行勤務。独身。実の兄によって、本人であることが確認されています。また、休暇届は出ておらず、今日も出社予定であったということです」

「遺体は司法解剖だな？」

警視庁捜査一課長が訊いた。

「はい。現在、すでにおこなわれています。それで、遺体は郷里には運ばず、こちらで荼毘にふすということなので、勤務先の上司と同僚二人が、明日の朝、面会に来ることになっています。ただ、勤務先のトラブル等の可能性もありますので、到着を待たずに、こちらから刑事二人を広島に派遣し、会社および住居の捜査をさせたいと思います」

「そうだな」

それから、進行役は明日いちばんの新幹線で広島に向かう刑事二人を紹介した。一人は大滝豪介だった。

ここから、東京駅に設置された監視カメラの映像がいくつも流れた。

解析を担当した丸の内署の刑事から、

「あの界隈《かいわい》の監視カメラの映像を確認しましたが、残念ながら毒を飲まされたとおぼしき場面は写っておりません。ただ、永浜が現場に来たときは、足がふらつくような感じがあり、その前に飲まされたと推察できます」

ちょうどその場面が出た。

改札口付近はよく見えているが、発券機近くは上から撮ったものしか写っていない。

被害者は、柱の周りをうろうろしている。

それからまもなく、苦しそうにしゃがみ込んだ。

そばを通った中年の女性が声をかけた。

永浜もなにか応じている。

「このとき、毒を飲まされたと言ったのだと思います」

と、丸の内署の刑事が言った。

ここからは駅員が駆けつけ、電話で救急車を呼んだ。すでに永浜はうつ伏せに倒れてしまっている。

救急隊員が来たところで、映像は消された。

こうした映像データも含め、捜査会議で発表されたデータはすべて、刑事たちの持つノートパソコンに転送されている。

「永浜は東京駅舎内にあるステーションホテルに泊まっていました。チェックアウトはまだのまま、ここへ出て来たわけです」

進行役が言った。

「ホテルは何時に出たんだね？」

本部長が訊いた。

「ええと」

進行役が口ごもったので、本間刑事が立ち上がり、

「それはわかりません。あそこのホテルは、フロントの前を通らなくても、ほかにいくつかの通路を使って外へ出ることができますので」

と、答えた。

それから、丸の内署の刑事から、永浜のスマホが盗まれていることが報告されると、

「スマホが盗まれた？　なんか変だよな」

「いまの若者は、スマホが盗まれたら、まず、それを解決しようとするだろう」

「いつ、盗まれたんだ？」

「あのカメラの画面だと、そんなところはないな」

「毒を飲まされ、さらにスマホも盗《と》られて、あそこへ来たというのか？」

「たしかに変だ」

などと、疑問が相次いだ。

だが、いまはなにを言っても推測の域を出ない。

スマホは現在、電源が切られているが、機種や製造番号などは、すでにわかっていた。しかし、盗難品として出て来る可能性はまずないだろう。

とにかく、永浜の殺されるまでの行動と、身辺調査を徹底しておこなうことになった。

それと、朝の同じ時間の聞き込みもおこなわれることになり、本間刑事と夕湖

が担当となった。

最後に進行役が、なにか言っておきたいことはと訊いたので、夕湖は立ち上がり、

「永浜三起矢は、鉄道マニアだったそうです」

と、告げた。

「鉄道マニア？　それで？」

趣味の話なんか出すなとでも言いたげな口調で、丸の内署の署長が訊いた。

「だから、東京ステーションホテルに泊まりたかったのかもしれません」

「そういうものなのかい、笹山くん？」

署長は、さっきの元鉄道公安官の刑事に訊いた。

「そりゃあ、あのホテルは全国の鉄道マニア憧れの地でしょう」

笹山刑事は、まるで東京駅を誇るような調子で言った。

5

夕湖が月村の家にもどったのは、九時二十分くらいになっていた。捜査会議が

終わったのは九時だから、やっぱり早い。石神井公園の家だったら、十時半を過ぎてしまうはずである。

「いいなあ、ここは」

明日は早朝四時半に東京駅の丸の内南口に行かなければならないのだが、それすら楽なことに思えてしまう。

「にゃ」

迎えに出たチェットが、お前かというように鳴いた。

「だから、あたしが来ると言っておいたでしょうが。はい。最高級のキャットフードを買って来たからね」

ほんとにコンビニでいちばん高いやつを買って来た。

いつも月村が与えているものより、パッケージからして豪華である。下手すると、「ホテル風」とか、「高級猫専用」とか書いてあってもおかしくない。

器に入れてやると、凄《すご》い勢いで食べた。

夕湖もおなかが空いているが、デンプン質を取るとまずいので、月村がビールのつまみに買っておいたチーズを厚めに切って齧《かじ》った。

それからシャワーを浴び、テレビをつけた。

ニュースは見たくないから、月村が録画しておいたBSの風景番組にした。

――もう、ホテルだよね。

元アイドルが取材に同行していることは聞いている。何度か見かけたことがあるが、さすがに半端なく可愛《かわい》い。

あんな娘《こ》といっしょに仕事なんかしたら、誰でも恋心を抱いてしまうのではないか。

「まさか、きみの主人はしないよね、浮気は？」

と、夕湖の近くに来ていたチェットに声をかけた。

「にゃあ」

「え？　するかもしれない？」

電話をかけてみることにした。

だが、出ない。

二人のあいだに結婚の話はない。

一時期、出るかなという雰囲気があったが、いまはない。

もっとも、いまの夕湖が結婚なんかしたって、ふつうの新婚生活など送れっこない。月村だって言い出すはずがないのだ。

仕事は、面白いというと語弊があるが、やりがいはある。誇りもある。

友人たちからは、

「凄いね」

とか、

「カッコいいね」

などと言われる。

自分のことだが、警視庁捜査一課の女性刑事というのは、ドラマみたいだと思う。なりたくてもなれるものではない。

だが、あと何年、やらせてもらえるのか。

刑事を辞めろと言われたら、月村に結婚してと頼むのか。

それは身勝手というものだろう。

「わからないよね、明日のことは」

「みゃあ」

そうだ、というようにチェットは鳴いた。

6

ヤマト・ツーリストの川井綾乃《かわいあやの》と、雑誌『歴史ミステリーツアー』の編集者である堀井次郎《ほりいじろう》との三人で、取材のために向かった先は関西周辺だった。

「抹茶の旅」

というツアー企画のための取材である。

去年、外国人向けに日帰りバスツアーを企画したら大当たりで、もっとスケールを大きくしてやることになった。これに雑誌のほうも乗っかるのだ。

新幹線で新大阪まで行き、そこからはレンタカーで回ることにした。三人とも運転はできるので、楽なものである。

カメラマンはおらず、三人でそれぞれ写真を撮り、照らし合わせていちばんいいものを使うことにした。

まずは、新大阪から堺市《さかい》にある千利休《せんのりきゅう》の屋敷跡。ここは正直、まったくたいしたことはないのだが、抹茶といえば千利休ゆかりの地は外せないということになった。

ただ、屋敷跡の前に利休の記念館が新設されていて、そこに復元された茶室は喜ばれるかもしれない。

次に宇治《うじ》に行った。茶園の工房や、人気のあるスイーツの店をピックアップし、さらに抹茶を使ったコース料理が食べられる料亭で夕食を取った。

「外国人が、この味で満足するかね？」

堀井が言った。

「大丈夫。昔は、外国人はあんこが駄目とか言ってたけど、それもファンができてるくらいなんだから」

と、川井綾乃は太鼓判を押した。

月村も賛成である。うまいものは、どこの国の人にだってうまい。あとは、慣れだけのような気がする。

京都市内に入って、一泊目。途中、夕湖から電話が入ったが、ちょうど月村が運転していて出られなかった。京都に着いてから、メールで返事をしておいた。

当然、月村は堀井と二人部屋だった。

翌日は、利休ゆかりの大徳寺。ここの山門は、利休の寄付でいまあるかたちになったが、秀吉の怒りを買うきっかけになったとも言われる。

大徳寺はほかにも茶の湯と縁の深い塔頭《たっちゅう》があり、ここは一年中公開してはいないので、そこらあたりのチェックも必要だった。

大徳寺でかなり時間を食い、もう一つの目的、南禅寺に向かった。

夕飯は南禅寺に近い湯豆腐の店で、最後を抹茶で締めた。

同じホテルにもどって二泊目。

翌日は、京都市内の茶道資料館と、楽焼《らくやき》の美術館に寄り、それから岐阜に向かった。岐阜の本巣《もとす》にある古田織部《ふるたおりべ》ゆかりの地を訪ねた。

最近は、マンガの影響もあったりして、古田織部のことまで知っている外国人もけっこういたりするのだ。

ここでは、織部焼を自分でつくることもできるので、コースの最後にはぴったりかもしれなかった。

これで取材終了。

名古屋から新幹線に乗った。

疲れたが、充実した取材だった。

帰りは空いていたので向かい合わせの席にして、他愛《たわい》ないおしゃべりを始めた。

「川井さん。カレシは？」

堀井に訊かれて、

「ここ三年は、カレシいないですよ」

と、川井綾乃は言った。

「偶然だなあ。おれもちょうど三年、カノジョいない」

月村はその台詞《せりふ》に噴き出しそうになったのを我慢した。堀井はもっと長いことカノジョはいない。というより、いたときを知らない。

「でも、言っちゃ悪いけど、カノジョ三年もいなかった人って、女からすると付き合う気にはなれないよ」

「あ、そうかもな」

堀井は余裕のある受け答えをしたが、内心は相当、動揺したに違いない。

それから、堀井は缶ビールを一口飲み、

「でも、カノジョいる男だって、どうしようもできないだろ?」

と、訊き、月村をちらりと見た。

嫌な感じである。

「あたし、そこらへんは日本人的じゃないから」

「というと?」

「いても奪うべく努力するよ」

「なるほど。ふん、ふん」

と、また月村を見た。

「なんだよ。川井さんはぼくなんか相手にするわけないだろ」

月村は気のない調子で言った。

じつは、この旅行のあいだ、川井綾乃のアタックがけっこう厳しかったのだ。二晩とも、「ちょっと外で飲みませんか？」というメールが入っていた。「疲れた」という理由で断ったが、ときどき目が合ったときの表情といい、川井綾乃の本気度がヒートアップしているように感じられたのだった。

7

二泊三日の慌ただしい旅行を終え、夜の十時半に月村たちは東京駅にもどって来た。堀井がいまから軽く打ち上げをしようと言い出し、丸ビルに向かうため、中央通路にやって来ると、人だかりができていた。

十番線ホームの下になるあたりだ。

テレビのクルーも来ている。

「はい、東京駅です」

と、中継の女性アナウンサーが話し始めた。

「遺体はもともとここにはありません。刺されたあと、救急車が来まして病院に搬送されました。その病院で死亡が確認されています」

月村たちは思わず立ち止まり、互いに顔を見合わせた。

誰か刺されたらしい。

女性アナウンサーはキャスターに訊かれたらしく、

「そうです。刺されたのは七時三十分くらいでした。ちょうどラッシュ時と重なり、目撃者によると、このあたりはほとんどパニック状態だったそうです」

と、答えた。

「通行人はひっきりなしでしょう？」

というキャスターの声も聞こえた。

「はい。このように無数の人間の目があるところで、しかも東京の玄関口ですよ、ここでこのような殺人事件が起きるなんて、中継しているわたしもひどいショックを感じています」

それからキャスターの声が雑音で乱れたが、女性アナウンサーは聞き取れたらしく、

「はい。一昨日の早朝、南口で毒殺事件がありました。まだ、犯人は捕まっていません。ただ、向こうは毒殺、こっちは刺殺ということで、警察も今日の事件と一昨日の事件は関係ないと見ているとのことでした」

と、言った。

だが、月村は一瞬、眉《まゆ》をひそめながら周囲を見て、

「関係ないだって？」

その女子アナに聞こえそうなくらい大きい声で言った。

「関係は大ありだよ」

「月村、よせ」

堀井が月村をつついた。

「でも、堀井。この場所。一昨日は南口改札前だったんだぞ」

「あ、そうだ」

行きの新幹線で、月村はその話をしている。

堀井もすぐにぴんと来て、顔色を変えた。

「どうしたの？」

川井綾乃が訊いた。

「一昨日の朝の殺人と、ここと、どっちも有名な暗殺事件があった場所なんですよ」

「暗殺？」

「そう。堀井、お前のほうが記憶力はいいだろう」

「ああ」

「ここはね、たしか昭和五年に、ライオン宰相と呼ばれた濱口雄幸《はまぐちおさち》総理大臣が、銃撃されたところなんです」

「ここで？」

「そう。一命を取り留めたんですが、この傷と細菌がもとで亡くなりましたから、暗殺事件と言っていいでしょう」

「だよね」

「それから、昨日、毒殺事件があったという丸の内南口改札前は、大正十年だったかな、平民宰相と呼ばれて人気があった原敬《はらたかし》総理大臣が暴漢に刺されて亡くなったところだったんです」

「ほんとに？」

「ええ。ここの事件については向こうに、丸の内南口のほうにも現場近くに、その事件の概要を記したプレートが貼《は》ってありますよ」

そうなのである。

この三日のあいだに起きた事件は、大正時代と昭和初期に起きた二つの暗殺事件とまったく同じ現場なのだ。

それを警察が関係ないとしているのはおかしいだろう。

月村はもちろん、このことを夕湖に伝えることにした。

8

ちょうどそのころ——。

丸の内署に二つの捜査本部がつくられようとしていた。

警視庁組も移動があるかもしれないというので、会議は始まらずにいる。

そのとき携帯が鳴った。

月村からのラインで、「大至急、話したいことが」とある。

夕湖は廊下に出て、すぐにかけ直した。

「なあに?」

「いま、新幹線でもどって来たんだけど、中央通路で殺人事件があったみたいだね」

「そうなのよ」

「南口の事件との共通点には気がついてるよね?」

「共通点? そんなのあるの?」

「ああ……」

そこから月村が語ったことは、刑事同士の話にもまったく出ていない。

月村との電話を切り、吉行に近づいた。

「吉行さん。じつは、カレシがちょうど新幹線から降りて来たところで、あの殺害現場を通りかかったんですが」

「それで?」

「どちらも、歴史上有名な暗殺事件の現場なんだそうです」

「暗殺事件?」

夕湖は聞いたばかりの話を、吉行に伝えた。

「なんだと。関係あるじゃないか」

「連続殺人かも」

「その可能性もありだな」

「カレシが言ったとは内緒にしてください」

「だったら、お前が気づいたことになるぞ」

「それはしょうがないですね」

月村の手柄を奪うことになるが、だいたい月村は表に立つのを望まないのだ。

吉行が丸の内警察署長に声をかけた。

夕湖は離れた場所にいるので、話は聞こえない。だが、署長がこっちを見たので、自分の名を出したのだとわかった。

署長が夕湖を手招きした。

「いまの話、間違いないな？」

「間違いありません」

月村が急いで報《しら》せてくれたくらいだから、間違いのはずがない。

「偶然とは思えないな」

「そうでしょう」

「よし、わかった」

と、署長は言い、

「捜査本部はいまのままだ。追加要員も全員、元の捜査本部に加わってくれ」

と、大声で言った。

「どういうことです?」

丸の内署の捜査一課長に訊かれ、署長は二つの歴史上の暗殺事件を簡単に告げた。警視庁の上田夕湖刑事が気づいたとも付け加えた。

本部内にどよめきが走った。

「よし、椅子《いす》を増やしてくれ」

俄然《がぜん》、慌ただしくなった。

と、そこへ。

「署長。マスコミです。十一時のニュースで、現場は暗殺事件の現場と重なるのではと問い合わせて来てます」

丸の内署の広報課の女性署員が言った。

「そんなことはわかっていると言え。暗殺と起きたばかりの事件と、なんのつながりがあるかは、調べている最中だと」

「わかりました」

広報課の女性署員がいなくなると、

「危なかったな。恥かくところだった」

と、署長は言った。

すると捜査一課長が、近くにいた元鉄道公安官の刑事に、

「笹山さん。すぐに気がついてくれてもよかったんじゃねえの？」

と、嫌みっぽく言った。

「まさか、そんな昔の事件が関わるとは思わなかったですよ」

笹山刑事はそう言って、じろりと夕湖を見た。

小娘が余計なことを、という顔だった。

第二章　重機のマニア

1

東京駅の中央通路で殺されたのは、埼玉県大宮市に住む土木作業員の木島鷹志《きじまたかし》というまだ二十二歳の若者だった。

夕湖は、昨夜の捜査会議で、丸の内署の本間刑事とともに木島の身辺調査のほうを担当することになった。

木島の住所は、京浜東北線与野《よの》駅近くの住宅街になっていたが、そこは実家で、じっさいに住んでいたのは、京浜東北線南浦和で武蔵野線に乗り換えて、次の東浦和駅近くのアパートだった。

母親によると、ここは中退した高校の同級生で、いまはコンビニ店員をしている高橋村正《たかはしむらまさ》という若者といっしょに借りていたらしい。

その高橋に連絡すると、今日は十二時から仕事なので、十一時ごろ来て欲しいということだった。

十一時の五分前に東浦和駅に着いた。

駅からは遠くないが、裏通りの、近ごろはあまり見かけない造りのプレハブのアパートだった。かなり古びて、階段の鉄はずいぶん錆《さ》びている。本間刑事が先に上がったが、ぎしぎしという音がした。

ドアをノックし、出て来た高橋に警察手帳を見せると、なかに入れてくれた。六畳間と二畳敷きくらいの台所にトイレ、風呂はついていないらしい。かなり汚い部屋で、部屋の隅に布団が積み上げられていた。

「木島が殺されるなんて、信じられませんよ」

高橋は青い顔で言った。

「どこで聞きました？」

本間刑事が訊いた。

質問はおもに本間刑事がすると、電車のなかで打ち合わせていた。夕湖は、高橋の反応と、部屋のようすをチェックすることになっている。

「昨日の夜の九時ごろですかね。ちょうどコンビニのバイトが終わるところに電話がかかってきて」

「コンビニは何時から？」

「今日と同じです。十二時から」

　ということは、高橋は犯人ではない。

「信じられないというのは？」

「木島は喧嘩とかしないし、人に恨みを買うようなやつでもなかったし」

「どういう人でした？」

「真面目《まじめ》なやつでしたよ」

　そう言う高橋も、真面目そうな感じがする。

「高校は中退したって聞いたけどね」

「ええ。でも、強制退学じゃないですよ。自主退学ですから」

「いわゆるヤンキーとかギャングとかじゃなかったんだ？」

「ぜんぜん違いますよ。あいつの家は堅いんです。姉ちゃんも弟も優秀で、でも鷹だけはあんまり成績が良くなくて、いにくくなったんでしょう。あいつは重機が好きで、それで土木の仕事をしてたんですよ」

高橋はチラリと本箱を見やった。そこの棚の一段分に、鉄製らしい重機のミニチュアが飾ってある。夕湖はよく知らないが、ブルドーザーと、クレーン車はわかった。あと三体はよくわからないが、ロボットのようだった。一台分ほどの空きがあったが、誰かにあげたりしたのかもしれない。

「そうなの」

「でも、親はそういう仕事を認めなくて、喧嘩になったんです」

「木島くんが殺された二日前の朝、やっぱり東京駅で永浜三起矢という広島の銀行員が殺されているんだけど、その名前は聞いたことない？」

「ないですね」

「その事件のことは、木島くんは知っているみたいだった？」

「どうですかね。ただ、あいつ、ニュースとかはほとんど見ませんよ。おれもそうだけど。だから、よっぽど大きな事件以外は知らなかったと思います」

見れば、新聞や週刊誌の類《たぐ》いもないし、テレビもない。いまの若者は、スマホさえあればすべて用が足りてしまうのだ。

「土木のほうに友だちはいなかったのかい？」

「あんまりいないとは言ってました。現場もよく換わりますしね」

「いまはどこの現場に？」

「ここんとこ、羽田空港の近くに行ってるとは言ってましたが、昨日もそこだったかはわかりません」

「決まった親方とかは？」

「いなかったみたいですよ。情報誌で現場の仕事を探しては、申し込んでいたみたいです。あいつ、重機マニアだけあって、いろんな重機を扱えたんですよ」

「いろんな重機？」

「それ見てもわかるように、重機っていろいろで、それぞれ免許が要るらしいんです」

「ははあ。それはブルドーザーで、これはクレーン車だよね」

と、本間は指差して言った。夕湖が知っていたのと同じだった。

「それで、ショベルカーと、その腕の長いやつは、コンクリートポンプ車で、小さいのはキャットとか言って、最新型の重機らしいです」

「木島くんはぜんぶ、やれたんだ？」

「ええ。あいつはもう、そういうのじゃ物足りなくて、もっと巨大なやつをやりたいって言ってました。でも、そういうのは大きな会社の社員にならないと扱えないみたいです」

「そうか。木島くんは、鉄道とかは興味なかった？」

「鉄道？　いや、聞いたことないですね」

「そこは木島くんの本箱？」

「下の二段が木島で、上の二段はおれのです」

夕湖は本の背表紙をざっと見た。重機のミニチュアの下の段にあるのはマンガだけで、『ワンピース』とか『名探偵コナン』とかおなじみのものが、とびとびにあるだけだった。鉄道に関する本やビデオはまったくない。

上の段には、調理師の免許の本と、鍼灸師《しんきゅうし》の免許の本が目立つほかは、ビデオがほとんどで、それはアイドルものかアダルトビデオのどちらかだった。

「付き合ってた女の子とかは？」

本間刑事が訊いた。

「いなかったと思いますよ。木島もおれといっしょで女にもてなかったから」

高橋は怒ったように言った。

「そっちのトラブルはなさそう？」

「ないですね」

「キャバクラとかは？」

「行ってなかったと思います」

「そうか」

「あの、言っときますけど、おれら、ホモとかじゃないですよ」

「いやいや、そんなことは疑ってないよ」

本間刑事は慌てて否定した。

だが、わきで聞いていた夕湖は、思わず赤面した。じつは、疑っていたのだ。やおいの趣味の人は、すぐに疑うらしいが、もちろん夕湖はそっちの趣味はない。

だが、この状況だと、どうしても考えてしまう。

「いっしょに住んでるって言うと、よく誤解されるんだけど、家賃を節約するのが目的なだけですから。もっとも、二人とももてなかったですけど」

そういえば、永浜ももてなかったと言われていた。それが殺されたこととなにか関係があるのだろうか？

――まさかね。

夕湖は胸のうちでその思いつきを否定した。

「同居はどっちが言い出したんです？」

「おれです。木島はたぶん、金回りはそれほど悪くなかったと思いますよ。なんせ、あれだけ重機を扱えたら、仕事はいくらでもありますから」

「なるほど」

本間刑事はそう言って、夕湖を見た。

なにかほかに訊くことは？　という顔である。

「今日、お通夜ですよね？　行きます？」

と、夕湖は訊いた。

「ええ。顔、出します。もちろんです」

と、高橋は悲痛な顔でうなずいた。

2

次に木島鷹志の実家に行くことになっている。

浦和から歩いても十五分ほどのところにあるので、とりあえず浦和の駅まで行き、そこで本間刑事と昼食を取った。

刑事の昼飯は貧しい。

男同士だと、彼らはたいがい町中華か、飲み屋の定食あたりにする。本間刑事は夕湖に気を使ったらしく、

「マックにでもしますか?」

と、言った。

「そうだね」

久しぶりに食べたい気になった。

本間刑事の注文する量も、警視庁捜査一課の同僚である大滝並みである。ビッグマックのセットにダブルチーズバーガー。

「凄い食欲ですね」

と、夕湖が驚くと、

「自分、柔道やってまして。警視庁の柔道部にもよく出稽古《でげいこ》に行ってるんですよ」

「そうですか」

「大滝ともよくやりますよ」

「ああ」

「階級は向こうが二つ上ですけどね」

「はい」

「自分も全日本でベスト8まで行きました。オリンピック、行きたかったですけど駄目でしたよ」

「そうだったんですね」

「大滝も柔道やめちゃいましたからね」

「ですよね」

夕湖はあまりその話はしたくない。可哀《かわい》そうな話なのだ。大滝は金メダル間違いなしという下馬評を背負ってオリンピックに行き、いきなり一回戦負けして帰って来た。その負けっぷりがいかにも油断していたみたいで、「油断大滝」というのがほとんど流行語みたいになったのだ。

だが、本間刑事は可哀そうだとは思っていないような口調だった。

「重機マニアなんていているんですね」

と、夕湖は話を変えた。

「ええ。でも、わかる気がしますよ。自分も、鉄道マニアよりは、重機マニアのほうを取りますね。あれは、操縦できたら面白いかも」

と、本間刑事もそっちの話に乗ってくれた。

一時半まで休憩して、夕湖と本間刑事は木島の実家に着いた。

立派な家である。

母親が招き入れてくれた。

父親はロサンゼルスに単身赴任していて、今日の夕方、成田に着くという。家を出て四年ほど経《た》つので、母親は交友関係などもなにも知らないらしい。

「鷹志さんの部屋は？」

「二階です。出て行ったときのままにしてあります」

母親に案内されて二階に上がった。

立派な部屋だった。南向きの洋室で八畳敷きくらいあるのではないか。出て行ったときのままと言ったが、ちゃんと掃除もしているのだろう、埃《ほこり》などはまったくない。

本箱には受験用の参考書もある。

「昔から重機マニアだったそうですね？」

と、本間刑事は訊いた。

「ああ、はい」

「ほとんどそういう面影はないですね？」

「そこに重機のおもちゃがあったのですが、持って行ったみたいです」

「なるほど」

「ちゃんと大学に行ってれば、こんなことには」

母親はそう言って目頭を押さえた。

夕湖は内心、「それは違うでしょう」と言いたい。

もし、子どもができたりしたら、好きなことをやらせたい。もっとも、子どもというのはどうしたって親が眉をひそめたくなるようなことをやりたがるのかもしれない。

母親にも、永浜三起矢のことを訊いた。

広島の銀行員で、鉄道マニアである接点は、母親が知る限りでは皆無だった。

遺体は警察から、同じ浦和にある葬儀場のほうへ行くことになっているという。

「あの子もここへは戻りたくないかもしれないので」

と、母親は言った。

夕湖と本間刑事は、六時からのお通夜を見張った。

七時過ぎに弔問に来た友人は、さっき話を聞いた高橋村正と、彼が連れて来た中学の同級生が三人だけだった。

その三人も、永浜三起矢を知らず、また、木島が鉄道マニアだったこともないと証言した。

捜査会議は八時からだったが、終わりに間に合えばいいと、八時までいてから丸の内署へ向かった。

3

月村は、月に一度の槍《やり》の稽古で汗を流すと、へとへとに疲れて家にもどって来た。

ときどき自分でも、なんのためにこんなことをしているのかと疑問に思う。これほど役に立たない武道もそうはないだろう。

もう一つやっているスポーツは弓で、日本が戦国時代にもどるか、あるいはマンモスが甦《よみがえ》るかしないと、生涯、一度も使わないで終わる武道となるだろう。

これが八丁堀同心の遺伝子のなせる業《わざ》なのか。

八丁堀の同心というと聞こえはいいが、江戸時代における身分は無茶苦茶低く、足軽クラスなのだ。給金も三十俵二人扶持《ぶち》。現代に換算すると、だいたい年収百万円くらいにしかならない。

だが、自分の先祖ならそんなものだろうという気がするので、とくに卑下《ひげ》する気持ちもない。

シャワーを浴びて、夕飯をどうしようかと考えているところに、川井綾乃からメールが来た。

「例の事件で、東京駅の歴史について俄然《がぜん》、興味を持ち、調べ始めています。なにかいい本があったら教えてください」

という文面。

川井綾乃は、京都でも、

「最近、月村さんの影響で、歴史に嵌《は》まってるんです。ぜひ、いろいろ教えてください。弟子になりますから」

などと言っていた。

川井綾乃に影響を与えた覚えはないのだが、それはぼくじゃないとも言いにくい。

とりあえず、簡単な日本の鉄道史と、東京駅を設計した辰野《たつの》金吾《きんご》の伝記を紹介しておいた。

4

遅れて駆けつけた夕湖たちだったが、ほかの刑事たちも遅れた者が多く、結局、捜査会議が始まった時刻は九時になっていた。

まずは木島が刺された件で、丸の内署の刑事から目撃者の報告があった。

「荷物を持っていた男がぶつかったのを見たという報告がありました。電話だったのですが、黒っぽい大きな荷物を持った男がぶつかり、そのまま立ち去ったと。目撃者もたいして気にも留めず通り過ぎたのですが、悲鳴が聞こえ、振り返ると男が血を流して倒れていたそうです。もしやさっきの男が？　と思い、周囲を見回しましたが、なにせラッシュ時でしたので、まったくわからなくなっていたそうです」

「男の特徴は？」

「野球帽をかぶっていたそうです。黒かった気がすると言ってました。あとは、荷物も黒かったことしか覚えていないそうです」

「それで監視カメラのチェックは？」

「始めてます。ＪＲのすべての駅のデータを送ってもらっています」

それは膨大なデータになるはずである。

そっちに回されたりしたら、大変な仕事になるだろう。

「目撃者の名前などは？」

捜査本部長が訊いた。

「わかってます。自宅は八王子であのときはたまたま通りかかったそうです。それで、ずいぶん忙しいらしいのですが、なんとか明日、現場に来てもらい、男がどの方向から来て、どっちに去ったのかなどを確認してもらいます」

「わかった」

つづいて、木島の携帯電話のデータを調べている班からの報告。

「木島鷹志は友人はあまり多くなく、電話はもっぱら仕事先のものです。それで、当日の仕事現場が羽田空港近くの駐車場の新設工事だったとわかりました。それで現場のほうに行ってもらいました」

これを受け、丸の内署の刑事が立ち、

「現場の仕事は一昨日始まったばかりで、全員で五名が作業をしてましたが、喧嘩も言い争いもありませんでした。それぞれのアリバイも確定しています」

と、報告した。

また、携帯電話の班にもどり、

「ほかの通話情報についても精査中です」

とだけ述べた。

次に、本間刑事が今日の調べでわかったことを報告した。

いまのところ、交友関係でトラブルがあったという証言はないこと。また、永浜三起矢とのつながりも見つからず、重機マニアで鉄道への興味については肉親も友人も皆、否定したこと。

手短に、以上を説明した。

夕湖が報告したとしても、そんなものだろう。

次に、広島への出張組から報告があった。

「永浜が広島のほうでなにかトラブルがあったかということについては、まだ該当する話は聞くことができません。おとなしい、他人と争うことはほとんどない性格だったようです。また、なぜ東京に行ったかについても、知っている人はいませんでした」

さらに、同じ出張組の刑事から、

「それと永浜はよその銀行に口座があり、こっちには二千万ほどの預金がありました。給料と比較して意外な額で、もしかしたらサイドビジネスのようなことをしていた可能性も考えられます」

と、報告があった。

それから写真が映し出された。

「これは永浜のマンションです。部屋のなかはこんな感じです」

「パソコンは？」

と、質問が飛んだ。

「パソコンはありませんでした。いまどきの若者同様で、ほとんどスマホで用が足りてしまうからだと思われます。仕事では、会社のパソコンを使っていました。そちらのメール等は現在、解析中です」

そこで、丸の内署の笹山刑事から、

「ちょっと本箱の写真を大きくできますか？」

と、依頼が出た。

「本箱ですか？」

「そこにある本のタイトルとかで、永浜が鉄道マニアとしてなにに特化していたのかがわかると思うのです。それがわかれば、永浜が東京に出て来た目的も推察できるかもしれません」

「なるほど」

と、一同はうなずき、本箱のあたりがクローズアップになった。

「うーん。これだけだと、わりと初心者みたいだなあ」

笹山は首をかしげた。

どうやら、この線から東京に来た理由を推察するのは難しそうだった。

「木島は重機マニアだよな。重機マニアと鉄道マニアは重なるのかい、笹山くん？」

捜査本部長が笹山刑事に訊いた。

「いや、重なりませんね」

笹山はきっぱり否定した。

「機関車っていうのは重機じゃないのかい？」

警視庁の捜査一課長が訊いた。

「役目からしたら、機関車は重機と言ってもいいのかもしれませんが、現代で機関車を重機として扱う人はほとんどいないんじゃないですか」

と、笹山は答え、一課長もそれで納得したらしかった。

次に、永浜がいつ東京に来たのかについて報告があった。

「広島駅と東京駅の監視カメラをチェックして、永浜三起矢が東京に来た日にちと時間を特定しました。日曜日の、広島十三時三十九分発ののぞみ30号の自由席に乗り、定刻通り東京駅には十七時三十三分に到着していました」

これには驚きの声が上がった。

「え？　十七時三十三分着？」

「ということは、東京にはただ泊まりに来ただけか？」

皆、そういう疑問が浮かんだようだが、それに対する答えはない。

つづいて、永浜がどこで毒を飲まされたかについて調べていた刑事から報告。

「どこか、当日は飲み屋とか喫茶店で、飲み物に混ぜて飲まされたのではという疑問を解決するため、東京駅周辺の店を調べています。ただ、当日は日曜日でした。ウィークデイだと、朝までやっている店は東京駅周辺にもけっこうあるのですが、日曜日はほとんどありません。それでも、いくつか当たっていますが、被害者がいたという店はいまのところ出てきていません」

ということだった。

「永浜の殺しはやっぱり知り合いのしわざじゃないでしょうか？　知らないやつからだと、そう簡単には毒なんか飲まされないでしょう」

そう言ったのは大滝豪介だった。

「たしかにそうだな」

「ということは、永浜の東京の知り合いを当たる必要がありますね」

「そうだな。では、大滝刑事は引きつづき、その線を当たってくれ」

「わかりました」

と、大滝は座った。

「でも、ほんとに二つの事件は関係あるのかね。ただの偶然だったんじゃないのか？」

笹山刑事がそう言って、夕湖を見た。

だが、捜査本部長が、

「まあ、それはもうちょっと調べてみてからだ」

と言い、捜査会議はお開きとなった。

5

夕湖は結局、この晩も月村の家に泊めてもらうことになった。

ドアを開けると、チェットが出て来て、

「また来たのかよ」

と言うように鳴いた。

シャワーを浴びて、ソファに腰を下ろすと、月村が読んだらしい新聞が置いてあった。見出しには、「東京駅暗殺現場連続殺人事件」と、大きな文字が躍っている。じっさいの捜査本部は、「東京駅舎内殺人事件」という名称に変わった。

「なんか、変わったこと、書いてあった？」

夕湖は月村に訊いた。

「うん。南口改札の被害者は、東京ステーションホテルに泊まっていたんだね」

「そうだよ」

「あのホテルには、いろいろ逸話があるんだよね」

「逸話？」

「昭和のミステリー作家で松本清張は知ってるよね？」

「うん。『黒革の手帳』の原作を書いた人だよね。あたしはドラマしか見てないけど」

「そう。その松本清張の出世作となったのが、『点と線』という小説なんだけど、それはあのステーションホテルに泊まっていたときに、トリックを思いついたという伝説があるんだよ」

「トリック？」

「ぼくもだいぶ前に読んだので詳しくは忘れちゃったけど、東京駅にはのべつ電車が入って来てホームに停車するので、向こうにあるホームの見通しが利かないというのを、アリバイに使っているんだ」

「へえ、面白いじゃん」

「面白いよね。でも、ホテル側はそう言って宣伝してるけど、じつは泊まっているときではなく、家で思いつき、編集者に確かめてもらったというのが正確なところらしいよ」

「そうなんだ」

「清張がよく泊まっていたというのは本当みたいだけどね」

「確かにミステリー作家は泊まりたいと思うよ。ほかにもいろいろトリックがつくれそうだもの」

なんせ、駅のコンコースがあんなふうに上から眺められるホテルというのも珍しいだろう。

「ほかにも、ノーベル賞作家の川端康成もこのホテルをよく利用していて、『女であること』という小説には、主人公がこのホテルに泊まっているところの描写もあるんだ」

「川端康成がねえ」

「ほかにも、ミステリーの巨匠・江戸川乱歩は、小説『怪人二十面相』のなかで、名探偵明智小五郎《あけちこごろう》と、二十面相を出会わせているんだ」

「ふうん」

明智小五郎とか怪人二十面相とかは、『名探偵コナン』に出て来たような気がするけど、直接は知らない。一学年下の月村が有名人みたいな言い方をするので、自分が無知過ぎるのかと不安になる。

「それくらい有名なホテルだから、ほかにもいろんな小説の舞台になっているらしいよ」

「殺された永浜が泊まったのは、コンコースが眺められる部屋だったよ」

「それじゃ、自分が死ぬことになる場所も見えていただろうね」

「あ、ほんとだね」

それは、ひどく気味の悪い場面であるような気がした。

「被害者の永浜は鉄道マニアだったんだって」

「そうなの？」

月村は知らなかったらしい。メディアには発表していないのだ。

ということは、捜査で知った機密を洩《も》らすことになるが、殺害現場が歴史的な暗殺現場だと教えてくれたのは月村なのだ。だから、次の意見を聞くためには、それくらい教えるのは当然だろう。

「鉄道マニアなら、東京ステーションホテルに泊まりたい？」

「そりゃあ泊まりたいだろう。なんといっても、あそこがいろんな路線の基点になっているんだから」

「基点？」

「スタート地点てことだよ。線路わきにゼロの標識がある。東京駅にはそのゼロマークがいくつもあるのさ」

「へえ」

「でも、鉄道マニアといってもいろんなタイプがあるからね」

「ああ、そうなんだね」

　笹山刑事もそのことを言っていたのだろう。

「そう。ふつう鉄道マニアというと、記念列車の写真を撮りに来ている人とか、いつも時刻表を持って電車に乗っている人あたりを思い浮かべるだろう？」

「そうだね。あと、家のなかに線路造って、模型を走らせてる人もいるよね。けっこういい歳してるのに」

「ああ。あれはお金かかるんだよなあ。そんなふうに、一口に鉄道といっても、もの凄く幅が広いし、昔からのマニアもいるので、細分化されるんだ。その永浜さんは、どんなマニアだったの？」

「やっぱりそこに着目した刑事がいて、被害者のマンションの本箱の写真を見たがったわけ」

「なるほど」

「でも、本の背表紙を見て、初心者みたいだと言ってた」

「ふうん」

月村は、納得いかないような顔をしている。

「見る？」

夕湖は訊いた。

「いいの？」

「本箱の写真くらいはね」

と、夕湖はパソコンを出し、本箱の写真のところだけを月村に見せた。

「ふむふむ」

書名をじっくりチェックしていたが、

「たしかに鉄道のあらゆるジャンルを通りいっぺんフォローしている感じはするね」

「そうか」

「でも、たぶんこれはこの人の索引みたいなものかも」

「索引？」

「そう。このほかに大量のデータがあるんだよ」

「パソコンとかなかったって」

「いまはだろ。前は使っていて、そのデータがＣＤとかフラッシュメモリとかに入れてあるんだよ。それをスマホか、デジカメか、会社のパソコンで見ればいいようになってたんじゃないの」

「そうか……」

そこまでは誰も気がつかなかった。

やっぱり月村は凄いと、夕湖は感心する。

「そうだ。丸の内警察署に鉄道公安官だった人がいるんだよ」

「ああ。警察官になった人、多いからね」

「その人に相談してみようか？」

「うん。いいんじゃないの」

月村はそう言って、屋上の庭に向いたサッシ戸を開けた。

気持ちのいい初夏の風が入って来る。

「おお、いい月だ」

月村がそう言うと、夕湖より先にチェットが飛び出して行った。

6

翌朝——。

夕湖が丸の内署に出勤すると、ちょうど笹山刑事もいた。

「笹山さん」

夕湖が話しかけると、

「なんだよ？」

じろりと睨《にら》まれた。

「笹山さんも鉄道はお詳しいですよね」

「ああ。おれはもともと、鉄道好きが高じて鉄道公安官になったくらいだからな」

「そうなんですね」

「東京駅の歴史のほうは興味なかったけどな」

嫌みっぽく言った。

「それで、鉄道マニアのことなんですが」

「ああ」

「鉄道マニアと一口に言ってもいろいろですよね？」

「わかってるじゃないか」

「ええ、まあ」

「永浜は初心者だぞ」

「はい。わたしもそう思ったんですよ。でも、昨夜寝ながらふと思ったんですが、もしかしてほかにデータがあるとは考えられないですかね？」

「ほかに？」

「あの本は、データの索引みたいなもので、肝心なやつは前に使ってたパソコンに入れていて、それはもうちっちゃいメモリのほうに移しちゃってるんですよ」

「あ」

笹山刑事は目を見開いた。

「それは、スマホとかデジカメとかでも見ることできますから」

「それ、あるな。あの本はたしかに初心者にしては、いろんなジャンルを洩れなくカバーしてたな」

「そう思われます？」

「思う。メモリを探させたほうがいいな。よし、ちっと署長に言って来よう」

署長は捜査本部長でもある。

歩き出した笹山が、ふと振り返って、

「上田刑事。お前、鉄子か？」

と、訊いた。

鉄子。鉄道マニアの女子で、このところどんどん増えているらしい。

「いや、まあ、初心者ですけど」

そう思われたほうがよさそうだった。

第三章　ステーションホテルの誘惑

1

次の日の夕方――。

広島署から連絡があり、依頼の件で永浜のマンションを調査した結果、鉄道関係の膨大なメモリを見つけたという。

それは即、こっちにデータを転送してもらった。

「やっぱりですね、笹山さん」

「ああ、お前のお手柄だ」

「とんでもないですよ」

夕湖は謙遜《けんそん》した。

それにしてもかなりの量である。

ＣＤとフラッシュメモリと二つに分かれているが、これは万が一に備え、同じものを入れているらしい。

これを一つずつ丁寧に見ていたら、どれだけ時間がかかるかわからないので、笹山がざっと見ていった。

「まずは、車両だ。子どものときに撮った写真からあるのか。こりゃあ、凄い数だわ」

と、呆《あき》れている。

ときどき、

「お、高島貨物線か」

とか、

「こいつも京急が好きなんだな」

とか、

「山崎駅だな」

などとつぶやいている。

もちろん夕湖には、なんのことだかわからない。

そのうち、「キハ」がなんたらとか、何千とかの数字をつぶやいたりして、いかにも嬉《うれ》しそうに笑ったりする。

ほんと、鉄道オタクというのは、気味が悪い。

とにかく膨大である。

時刻表の表紙が並んだり、切符が並んだりもする。

トイレの写真まであったりするのには呆れてしまう。

とりあえず二時間ほどかけて、ざっと見終えて、

「詳しく見てみないとわからないが、こいつは万能選手だな」

と、言った。

「万能ですか?」

「ああ。いくつかのジャンルに絞り込んでいなくて、とにかく鉄道がらみのことなら、すべて好きだという感じだ」

「そうなんですか」

「絞っていると、オタク同士で知っていることがあったりするんだけどな。こいつは、そういう付き合いはあったのかなあ」

どうも、この線から犯人に迫るというのは、難しそうだった。

そのあと、今日の捜査会議が始まった。

木島鷹志の携帯の解析も進んでおり、電話のやりとりがあった人物を次々に訪ねているが、まだ怪しい人物は出て来ていないという。

大きな荷物を持った男を、駅の監視カメラで捜しているが、山手線のホームに上ったところまではわかったが、そこから先が見つからずにいるらしい。

「どうも共通点もつながりも出ないなあ」

捜査本部長である署長が、両手を頭の後ろで組み、うんざりしたように言った。

言い出しっぺの夕湖も、なんとなく肩身が狭い。

「ここまでないということは、やはりこれは別々の事件じゃないですか？」

丸の内署の刑事部長が言った。

「暗殺現場も、たまたま偶然かもしれませんね」

と、笹山刑事が言うと、

「あるいは、かつての暗殺現場だと知っていて犯行に至ったとしても、それも別々の理由があったからかもしれませんね」

今日は夕湖とは別々に動いた本間刑事が言った。

「そうだな。たしかに、ほんの数日のあいだに起きたというのは、奇妙ではあるが、そんな偶然もぜったいにないとは言い切れないかもな」

警視庁捜査一課の課長まで、偶然説に傾いてきたらしい。

「そもそも、東京駅で起きた二つの暗殺事件は、なにかつながりはあるのかね？」

署長が刑事部長に訊いた。

「どうなのでしょう？」

刑事部長も首をかしげた。

「そこらは専門家に訊いたほうがいいのではないかね？」

署長が言うと、

「ぴったりの人間がいます」

と、警視庁の吉行巡査部長が手を上げた。

「そういう人いるの？」

吉行は夕湖をちらりと見て、

「はい。じつはいぜんにも歴史がらみの事件が起きたとき、何度か相談に乗ってもらっています。在野の歴史研究家なんですが、月村弘平という人です。なかなか勘のいい男で、事件に関わる歴史を探り出したりするので、参考になったことは何度もあります」

と、言った。

警視庁の捜査一課長も月村の名は記憶していて、「ああ」というようにうなずいた。

「あ、そう。じゃあ、それは吉行さんの班で動いてもらえるかい？」

署長がそう言うと、

「では、何度も話を聞いている上田刑事をこっちに回してもらえますか？」

「じゃあ、組み合わせを変えるか。笹山くん、上田刑事といっしょに動いてくれるかい？」

署長が笹山を見ると、

「あ、そうですか」

ちょっと嬉しそうな顔でうなずいた。

鉄子ということで、多少、好感を持たれたのかもしれない。

2

翌日は、月村が午前中いっぱいの締め切り原稿があるというので、昼の一時に訪ねることにした。

その晩は、もちろん月村の家に泊まり、事情を説明した。

朝、出るとき、猫のチェットに、

「あとでまた来るけど、しらばくれててね」

と、念押しした。

そうしないと、チェットはわざと馴《な》れ馴れしく夕湖の膝《ひざ》に乗ったりしそうなのだ。

それから夕湖は東京ステーションホテルの二階にある虎屋に向かった。

本当は一時まで別々になりたかったが、笹山から、

「打ち合わせしたいから、虎屋で待ち合わせだ」

と言われたのである。

「虎屋でですか？」

「ああ。なんだかんだ言っても、虎屋の羊羹《ようかん》はうまいからな」

現場の近くだし、経費として請求できると踏んだらしい。

夕湖が行くと、なかはすでに満席で、笹山は皇居が見える窓際の席を取ってい
てくれた。窓に面したカウンターになっていて、横並びに座った。目を見なくて

もいいから、夕湖はむしろ、このほうがよかった。

夕湖も笹山に合わせて、羊羹付きの日本茶にした。

なるほどおいしいが、値段も高い。夕湖がこんな領収書を出したら、間違いなく怒られる。

笹山はうまそうに茶を飲むだけで、打ち合わせをする気配がないので、

「笹山さんはいつごろから鉄道マニアになったんですか？」

と、つい訊いてしまった。

――しまった。

と思ったが、遅い。

笹山の顔が急に生き生きしてきた。

「この世に生まれ出たときからだよ」

「生まれ出たとき？」

「おれは、母親が東京駅から新幹線で大阪の実家に帰る途中、列車のなかで生まれちまったんだよ」

「え？　笹山さんて、何年生まれですか？」

「昭和三十九年。東京オリンピックの年だ」

「じゃあ、新幹線も走ったばかりですよね？」

東京オリンピックに合わせて新幹線が開業したというのは、テレビで何度も見たことがある。

「そうだよ。まったく四時間くらい我慢してくれたらいいのにな」

「四時間ですか？　新幹線ですよね？」

「お前、鉄子のくせになにマヌケなこと言ってんだよ。新幹線の開業時は、東京、新大阪間は四時間かかってたんだぞ」

「そうなんですか？」

「もっとも一年後には、三時間十分になったけどな」

「ああ」

三時間十分というのは知っていたような顔をした。

「三時間切ったのなんか、昭和も終わりごろだぞ」

「そうだったんですね」

と、うなずきながら、いまはどれくらいかかるんだっけ？　と考えたが、正確な時間はわからない。確か、二時間半は切っているような気がする。

「新幹線はおれの揺りかごだよ」

「だったらそうでしょうね」

「家でも、新幹線に乗ってるみたいなもんだ」

「どういうことです？」

「グリーン車の中古の座席を買ったんだよ。だから家帰るとそれに座ってるんだ。ときどき、それで寝ちゃったりもする。布団より熟睡できるぞ」

「売ってるんですか、そんなの？」

もしかしたら、ＪＲの関係者に裏から手を回したのかもしれない。そういうのはよくないのではないか。

「正式に売ってんだよ。中古のやつをな」

「へえ。いくらくらいするんですか？」

「おれが買ったのは、八万円だった。女房には怒られたけどな」

「そうなんですか。じゃあ、笹山さんは新幹線オタですね」

「新幹線だけじゃねえよ。蒸気機関車も子どものころ、毎日、見てたから、大好きだよ」

「蒸気機関車を？　じゃあ、育ったのは田舎？」

「馬鹿《ばか》野郎。おれは東京っ子だ」

「え？」

東京オリンピックの年に生まれたのに、蒸気機関車を毎日、見てた？　なにか、ちぐはぐな感じがする。

「おい、しっかりしろよ。上野駅からは、昭和四十四年まで成田行きの蒸気機関車が毎日走ってたんだ。おれは、子どものころ、日暮里《にっぽり》の線路際に住んでたから、毎日、あの煙を吸い、音を聞き、雄姿を目の当たりにしてた。五歳のときまでな。あーあ、あのころに帰りたいよなあ」

笹山はそう言って、いかにも懐かしいというふうにため息をついた。すると、煤煙《ばいえん》の臭《にお》いがした気がしたのは、たぶん煙草《たばこ》の臭いが染みついているからだろう。

「笹山さんの世代は凄いですね。蒸気機関車から、下手したらリニアまで身近なものになるんですよね」

「まあな。でも、最近のオタクは突っ込み方が半端じゃないからな。おれも敵《かな》わないことが山ほどあるよ」

「そうなんですね」

「このホテルには、いまもそういうのがうじゃうじゃ泊まってるんじゃねえのか」

笹山はそう言って、頭上を指差した。

「確かにそうでしょうね」

「おれも見てみたかったよ、永浜が泊まった部屋」

笹山は悔しそうに言った。

「あ、見たことないんですか？」

「改築前には、一度、入ったことがあるけど、新しくなってからはないな」

「そうですか。まだ、空き室にしてると思いますよ」

「そうか」

「見ます？」

警察官の給料では、なかなか泊まれないのは、夕湖もいっしょだからよくわかる。

「おう、見ておこう」

笹山はレシートを取り、

「上田刑事。警視庁のほうから出してくれ」

と、夕湖に押しつけた。

3

笹山はなかに入るとすぐ、窓際に行って、コンコースを見下ろし、

「あ、ここが見えるのか」

と、感激した声を上げた。

「下からだとわかりませんよね、ここに部屋があるなんて」

「ああ。なるほどな、こうなってるんだな」

どうやら、駅の全体が頭に入っているから、見える角度で新たな感激も生まれるらしい。

夕湖などは、もともとちゃんと見たことがなかったから、東京駅はずっと前からこうだったような気がしてしまう。

「おっ、前の天井の感じは床に表してるんじゃねえかよ」

なにを言っているのかわからない。

「どういう意味です？」

「昔のドームは、見上げるとあんな感じだったんだよ。真ん中が丸くなって、梁《はり》

があって、それをデザインみたいにして床に移したんだよ」

「そうだったんですね」

なかなか凝《こ》ったことをしているのだ。

「こうなる前はどんな床だったんですか？」

「ただのコンクリの床だったな。きったなかったぞ」

「へえ」

「おれは、毎日、眺めていたからな。だが、ここから見て、初めてわかったよ。これはオタクにはたまらんわな」

笹山がそう言うと、まだ部屋にいた、案内して来たホテルの従業員が、

「そうなんです。このホテルは、東京に住んでいる鉄道オタクの人が、かなり利用されるんですよ」

と、自慢げに言った。

「だろうな。被害者は一泊だったんだろう？」

「そうです」

と、従業員が答えた。

「だったら、寝る間もなく写真撮ったりしてただろうな」

「ああ、そうですね」

永浜は、殺されたときは一睡もしてなかったのかもしれない。

「夜じゅう、そういうのがうろうろしてるんじゃないのか？」

笹山は従業員に訊いた。

ちょっと横柄な訊き方である。若い刑事がやったら、相当、顰蹙《ひんしゅく》を買うだろう。

「そうなんです」

「トラブルもあるだろう？」

「そうですね」

「当日もあったんじゃねえか？」

「ああ。あの晩はそういうんじゃないと思いますが、幽霊騒ぎはありました」

この答えには、

「幽霊騒ぎ？」

と、夕湖も思わず訊き返した。

そんな話は、いままでなにも聞いていない。

「ああ。あの事件とはなんの関係もないと思われましたし。幽霊とかいう話だと、営業的にはちょっと……」

「困りますよ。そういう話は伝えていただかないと」

と、夕湖は怒って言った。

「それで、どういう幽霊が出たんだ？」

笹山が訊いた。

「と言っても、ほんとに幽霊かどうかは、疑わしい話なんですよ」

「いいから、言ってみな」

「そこにアトリウムがありましてね」

と、従業員は窓の外を指差した。

「アトリウム？　病人が集まるところか？」

笹山が訊いた。

「病人ですか？」

係員はわけがわからないという顔をしている。

「あ……笹山さん、それはサナトリウムですよ」

ドラマで見たことがある。『風立ちぬ』ではなかったか。

「アトリウムというのは……ご案内します」

うまく説明できないらしいが、こっちも現物を見せてもらったほうがいい。

外の廊下を進み、ちょっと曲がったところに、四畳半くらいの空いたスペースがあった。ソファもしつらえてあって、窓からホールの天井を目の当たりにできるようになっている。

「この廊下のところどころに、こんなふうに駅を眺められる休憩スペースがありまして、宿泊されたお客さまに見てもらえるのです」

「ふーん」

笹山はアトリウムとやらを見回した。

「それで、当日、この椅子に血まみれになった男が座っていて、発見した人が急いでフロントに報せてくれたのですが、ホテルの者が駆けつけてみると、すでにいなくなってまして」

「それは、何時ごろのことです？」

と、夕湖が訊いた。

「夜中の二時ごろでした」

「なんで、幽霊なんだよ？　ただの怪我人《けがにん》かもしれないだろうが？」

笹山が訊いた。

「そうですね。幽霊というのは、そのお客さまの言葉でしたので。かなり酒に酔われていたそうなので、見間違いみたいなものだと思います」

だが、いくら酔っていたとはいえ、怪我人を幽霊に見間違えるだろうか。

それに血を流していたというと、気になることもある。

永浜が泊まった部屋の洗面台でルミノール反応が出ているのだ。それとの関係はないだろうか。

「その、幽霊を見たという客は日本人かい？」

笹山が訊いた。

「そうです」

「名前や住所もわかるよな？」

「はい」

「じゃあ、教えてくれ」

従業員に頼んでメモしてもらった。

長谷川丈太郎《はせがわじょうたろう》、四十七歳。住所は江東区豊洲《こうとうくとよす》になっている。

「豊洲だったら、ここからも近いよな。こいつも鉄オタか」

そう言いながら、笹山は電話をしたが、

「駄目だ。電源が入っていないか、電波がつながらないとさ」

「そのうちつながりますよ」

夕湖がそう言うと、笹山はうなずいて、メモ用紙を押しつけてきた。

4

十二時前に八重洲口のほうへ回り、八丁堀を通るバスに乗った。

降りたところで、

「昼飯食っとくか」

と言い出し、駅前の飲み屋のランチを付き合わされた。

食事後はお決まりの煙草一服。飲み屋のランチはこれができるのだ。

夕湖は、煙の臭いが服につくと嫌なので、「コンビニに用事がある」と言って逃げ出した。

一時ちょうどに、月村のビルの前に来た。

「このビルのいちばん上です」

笹山はビルを見上げ、

「きったねえビルだな」

なんと失礼なことを言うのか。

「でも、なんか風情がありますよ」

と、夕湖は抗弁した。

屋上がどんなに素敵か、見せてやりたい。

「ま、昭和だよな。懐かしいって言えば、懐かしいけどな。ここらは東京駅にも近いのに、まだこんなビルがあるんだな」

「そうですね」

「管理、ちゃんとやってんのかよ」

「……………」

管理人はわたしのカレシですけど――とは、もちろん言えない。

夕湖が先に立ち、階段を上がり始める。

「なんだよ、エレベーターがないのかよ」

また文句を言った。おっさんは、押しなべて文句が多い。

「そうなんですよ」

「違法建築だろうが」

「昔は大丈夫だったみたいですよ」

笹山は四階と五階のあいだでいったん立ち止まり、息を切らしながら、

「こりゃあ、次の地震で崩れるな」

と、嫌なことを言った。

チャイムを鳴らすと、すぐに月村が出て来て、

「あ、どうぞ」

と、言った。足元にはチェットもいて、なんか変だな？　というような調子で、

「にゃああ？」

と、鳴いた。

疲れたときに夕湖が横になるソファに、今日はおっさんと並んで座ると、

「じつはさっそくですが、東京駅でつづいた二件の殺人事件なんですが、当初は広い東京駅のなかで、どちらも有名な暗殺事件があった場所で殺人が起きるなんて偶然はないだろうと、それでわれわれも連続殺人と睨んだわけです」

と、笹山が言った。

「そうでしょうね」

と、月村はうなずいた。

それもそうで、言い出しっぺは月村なのだ。

「ま、それを指摘したのは、この女性刑事なんですが」

「ええ」

夕湖はしらばくれてうなずいた。よくも月村は、噴き出さずにいられると、感心してしまう。

「ところが、いくら被害者のことを調べても、二人のつながりは見えて来ないのです。それで、あの二つは偶然だったのではないかという意見も強くなってましてね」

そのあたりは、昨夜すでに説明しておいたが、

「そうですか」

と、月村は初めて聞くみたいにうなずいた。

「それで先生には、そもそも東京駅の二つの暗殺は関係があったのかをお訊きしたいのですが」

「はい。じつはぼくもそのニュースが気になって、二つの暗殺事件を詳しく調べてみたのです」

「そりゃあ、ありがたい。ぜひ、ご教示を賜りたいですな」

月村は印字してあるメモを前に置き、解説を始めた。

「まず、丸の内南口の原敬暗殺のほうですが、これは大正十年十一月四日のことです。その日、原敬は午後七時三十分発の列車で京都に行くことになっていて、見送りの大臣たちと歩いて来たところを、飛び出した若い男に、胸を短刀で一突きされました」

「即死ですか？」

「すぐに駅長室に運び込まれましたが、二十分後くらいに亡くなったようです。犯人はすぐ逮捕されました。中岡艮一《なかおかこんいち》といい、当時は十九歳。大塚駅でレールのポイント切り替えの仕事をしていました。当時の新聞には、幕末の志士で坂本龍馬《さかもとりょうま》とともに暗殺された中岡慎太郎《なかおかしんたろう》の孫だという記事も出たのですが、どうもそれは間違いだったようです」

「ほう」

「原敬は、日本で初めて平民から総理大臣になった人物でしたが、中岡はその政策に不満を抱いていたそうです。右翼の唆《そそのか》しがあったという説もありますが、確証は得られていません。ただ、つねづね右寄りの意見を語っていたようです。中岡は裁判で無期懲役となりましたが、十三年後の昭和九年には、恩赦によって出獄しました」

「恩赦ねえ」

現代の無期懲役は、最短でも三十年である。

「その後、満州に渡り、陸軍司令部に勤務しています。戦後は日本にもどり、亡くなったのは意外に最近で、昭和五十五年（一九八〇）のことです。享年は七十七でした」

「そうなのか。だったら、かつての東京駅の現場を歩くこともあっただろうね」

と、笹山は感慨深げに言った。

「あったでしょうね」

月村もうなずいた。

「新幹線などにも乗ったんじゃないの？」

「そうですね」

「次に、濱口雄幸首相の暗殺ですが、こちらは昭和五年十一月十四日、岡山の陸軍大演習を見るため、午前九時発の特急燕《つばめ》に乗るため、四番ホームを歩いていたとき、見送りの人のなかにいた犯人に、銃で腹を撃たれました。即死ではなかったのですが、翌年の八月に、その傷と細菌が原因で亡くなりました」

「そんなに生きてたんだ。まあ、いまなら助かったわな」

と、笹山は言った。

「現場は当時、ホームになっていました。その後、その場所に階段ができ、しばらくは階段のところに暗殺現場の印があったのですが、さらに改築がおこなわれたので、いまは広くなった中央通路の一階部分に印があるわけです」

「そういうことか」

「犯人は、佐郷屋留雄《さごうやとめお》といい、当時二十一歳。右翼結社に属し、協調外交を唱えた濱口首相に対し、天皇の統帥権を犯したからという理由で暗殺を実行しました。裁判ではいったん死刑を宣告されましたが、その後、無期懲役となり、さらに事件から十年後の昭和十五年（一九四〇）には出獄しています」

「十年かい」

「佐郷屋はその後も、右翼として活動をつづけ、亡くなったのは昭和四十七年（一九七二）のことです」

「じゃあ、佐郷屋も新幹線に乗ってるわな」

と、笹山は言った。

「新幹線、気になりますか？」

と、月村が訊いた。

「まあね」

と、笹山はうなずいただけである。

夕湖はわきから、「笹山さん、新幹線のなかで生まれたんだよ」と教えてあげたかった。

「この二つの暗殺事件を比べると、どちらも犯人は右翼思想の持ち主である若者でした。さらに、殺されたのは、原敬は平民宰相として、また濱口雄幸はその風《ふう》貌《ぼう》からライオン宰相などと綽名《あだな》があり、どちらも人気があった政治家でした」

「ふうむ」

「今度、殺された人たちは、なにか思想信条に過激なものとかは？」

と、月村が訊いた。

「いや、いまのところ、なにもないし、見つかりそうな気もしませんね」

「なるほど。まあ、ぼくは判断できる立場にはありませんが、歴史上の暗殺と、現代の事件では、殺害の理由に直接的な関係はないような気がします。亡くなったのは、政治には関わりのない若者でしょう。ただ、犯人に狂信的なところがあるという可能性は否定できませんが」

「そうですな」

笹山は夕湖を見た。

ここらで切り上げたくなったらしい。

だが、夕湖はさっき聞いた話を月村に教えたい。といって、夕湖の口から言うのはまずいだろう。

夕湖はさりげなく月村に片目をつむってみせてから、

「原首相と濱口首相の祟《たた》りなんてことはないでしょうしね」

と、言った。

「祟り？」

月村はなんのことかというふうに驚いた顔をした。

「祟りはないだろう」

と、わきで笹山も笑った。

どう、話を持っていけばいいのか。

夕湖は、笹山に見えないようにして、右手と左手を前でだらりとさせてみせた。前に月村から、いまの若い人はこんな恰好《かっこう》をしてもなんだかわからないと言われたことがあるのだ。幽霊特有のしぐさである。

月村はちょっと考えて、

「幽霊のしわざですか？」

と、冗談っぽく言った。

「幽霊といえば……」

笹山が口を開いた。

「出たんですか？」

月村が訊いた。

「出たといっても、ホテルでですけどね」

笹山は言ってくれた。

「東京ステーションホテルに？」

「そう」

笹山がうなずいたので、

「でも、あれはただの怪我人だと思いますよ。目撃者が酔っ払って騒いだだけで」

と、夕湖は補足した。

「その晩に怪我人がいたんですか」

月村の目が輝いている。

「なあに、たわごとです。忘れてください」

笹山はそう言って、立ち上がった。

夕湖は去り際にそっと目配せをした。

あれだけでも、月村はなにか解決の糸口を見いだしてくれるかもしれなかった。

5

月村のビルから下りて来ると、

「やっぱり、昔の暗殺といまの殺人は、直接の関係はないわな」

と、笹山は言った。

「だったら、なんでわざわざ印のあるところで殺されなきゃならないんですかね？」

「まったくだ」

「そこで待ち合わせたんですかね？」

「待ち合わせかあ」

「でも、東京駅にはもっといい待ち合わせ場所はありますよね」

「ま、たいがいは〈銀の鈴〉か、〈動輪の広場〉だわな」

「そうですよね」

それに、東京駅は丸の内口と八重洲口に、それぞれ北口、中央口、南口と三つずつ改札があるので、改札口がわかりやすいのだ。

「ここからだと署まで近いな。歩くか」

笹山が歩き出したので、

「もう一度、幽霊騒ぎの客に電話します」

と、歩きながら電話をした。

だが、やはりつながらなかった。


夕湖と丸の内署の刑事を送り出した月村は、さっきのステーションホテルの幽霊というのが気になっていた。

夕湖はただの怪我人と言っていたが、怪我人と幽霊は別だろう。なぜ、幽霊に見えたのか。

――これは、ステーションホテルに泊まってみないとわからないかもしれない。

ステーションホテルのことは、昔からよく知っているが、じっさいに泊まったことは一度もない。

交通の歴史を専門とする月村にとっては、怠慢のそしりを免れないところだろう。

だが、あのホテルは昔から人気があり、なかなか予約が取れないと聞いている。しかも、親はともかく、決して金持ちではない月村がプライベートで泊まれるほど料金は安くないのだ。

――川井綾乃に相談してみようか。

なんといっても、そこらへんは専門家なのだ。

電話をし、相談してみると、

「ああ、取れますよ」

さらりと言うではないか。

「でも、だいぶ先になるんだろうね」

「いや。大丈夫ですよ。いつがいいですか？」

「いまのところ旅行の予定はないから、いつでもいいんだけど。でも、高いんだよね」

「ま、ホテルの値段はいろいろありますから」

「じゃあ、ちょっとお願いしたいな」

と、電話を切った。

それから月村は、このところ嵌《は》まっているフランスのコメディ映画を観《み》始めた。コメディ大国というと、誰もがアメリカを思い浮かべるだろうが、じつはフランスこそコメディ大国なのだ。ただ、輸入される本数が少ないだけなのである。

しかも、アメリカのコメディは極端な大騒ぎで、自棄《やけ》っぱちな感じがするけど、フランスのコメディはどこかゆるい。だいたいフランス映画はサスペンスなんかでもゆるいのだが、コメディのゆるいのは味になっている。

今年の正月くらいから嵌まり、昔観た作品のDVDまで買い直したりして、いまでは時間が空くと、フランスのコメディを見ている。とくに、だいぶ前の映画だが、ジャック・タチという監督の『ぼくの伯父さんの休暇』というモノクロ映画がたまらなく好きで、エンドレスで流しっぱなしにしたりしていた。

今日はわりと最近のやつで、『世界の果てまでヒャッハー』という映画にした。前に観た『真夜中のパリでヒャッハー』というのが面白かったが、これはその続編らしい。アメリカ映画の影響が強いのだが、主役の俳優の顔やキャラクター設定に毒がないので、派手なドタバタでも、ちゃんと味がある。

後半、アクションシーンのようになって、そこにとんでもない下ネタの爆笑シーンが出現した。最近のコメディは下ネタもおおっぴらで、ちょっとやそっとじゃ驚かないが、これにはびっくりし、月村は大爆笑した。

と、そのとき――。

電話が入り、取ると川井綾乃からだった。

爆笑の余韻に、川井綾乃のイメージが重なり、頭が混乱した。

「取れちゃいましたよ」

と、川井綾乃が軽い調子で言った。

「え?」

パンツが?　という問いが浮かび、慌てて抑えた。

「東京ステーションホテルですよ」

「へえ、凄いなあ。いつです?」

「今日です」

「今日?」

なんとまあ、恐ろしいほどの早業ではないか。

「大丈夫でしょう?　夜、眠るだけなんですから」

「ええ、大丈夫ですよ」

「じゃあ、フロントにお名前伝えておきますから、チェックインしてください」

「わかりました」

電話を切った。

泊まれるとなれば、あのなかをいろいろ見て回りたい。さっき、夕湖たちが、幽霊のような怪我人のことを言っていたが、それについても訊いてみたい。

荷物はなにも要らない。行って泊まるだけである。着替えを持って行くのも面倒だから、下着とシャツは替えておくことにした。

五時にホテルに行き、フロントで名前を告げると、キーを渡され、部屋の番号を教えられた。

「30××号室です」

「もしかして、窓からコンコースが見えますか？」

「はい。南口のホール全体がご覧いただけますよ」

もしかして、被害者が泊まった部屋なのか。

ふつう、こういういいホテルになると、ボーイが部屋まで案内してくれたりするが、それはしないらしい。

ドアを開け、なかに入った。

すぐに窓辺に行く。

「おお、凄い」

ホールの天井がすぐそこに見えている。まだ充分新しく、天井のクリーム色が鮮やかである。

思わず見入っていると、背後で物音がした。

——え？

洗面室のなかではないか。

洗面室へのドアは曇りガラスみたいになっているが、なかは暗い。

月村は電気をつけ、なかに入った。

誰もいない。

だが、さっきは間違いなく音がした。水音のようだった。

——まさか、幽霊？

思わず背筋が寒くなった。

気のせいだと思い返し、もどろうとしたとき、バスルームのドアが湯気で曇っているのに気づいた。ここも曇りガラスのドアで、なかは暗い。

——掃除が終わってないのか？

そう思ってバスルームのドアを開けようとすると、なんとなにもしないのにドアが開いた。

「えっ」

なかに川井綾乃が立っていた。

しかも一糸まとわぬ姿で。

「か、川井さん」

「ごめんなさい。誘惑しちゃった」

「ゆ、誘惑って」

「なかなかなびいてくれないから、思い切った手を打とうと思って」

「そ、それは……」

据え膳食わぬは男の恥、などという言葉が浮かんだ。

綾乃は明らかに、月村を誘惑していた。どうする、月村。

「いや、ぼくはこういうのは……」

とは言ったが、期待する気持ちもゼロではないかもしれない。

元アイドルだぞ。〈惑星インパクト〉の中心メンバーだった娘だぞ。

町を歩けば誰もが振り向くほどの美人。

それが一糸まとわぬ姿で、月村の前にいる。

「月村さん」

バスルームから出て来た。

まだ身体《からだ》を拭《ふ》いていない。水滴が床に広がっていく。

「か、か、川井さん」

思わず、踏み出したのではなく一歩下がってしまった。下は大理石の床になっていて、しかも川井綾乃から流れた水で濡《ぬ》れていたから足が滑った。

「あっ」

ひっくり返るとき、咄嗟《とっさ》に大理石の床に頭をぶつけてはまずいと、思わず身をよじった。それがよくなかった。

洗面台の出っ張りに思い切り頭をぶつけた。

がつん。

と、凄い音がしたのはわかった。

月村はそのまま脳震盪《のうしんとう》で気を失った……。

第四章　鉄道の父の足元で

1

月村が気がついたのは、救急車のなかだった。ピーポーピーポーというおなじみの音がすぐ上で鳴っているのを変だと思いながら目を覚ました。

救急隊員と川井綾乃が、横になったままの月村を見ていた。どうやら救急車で運ばれている最中らしい。

「あ、気がつきましたね」

と、救急隊員が言った。

月村は身を起こそうとしたが、

「動かないでください」

と、救急隊員に肩を押さえられた。

ちらりと前方に目をやると、運転席と助手席にも救急隊員の姿が見えた。救急車になど乗るのは初めてだが、

――ああ、救急隊員は三人一組なんだ。

と、思った。

「大丈夫、大丈夫」

と、月村は言った。なぜ、救急車になど乗っているのかわからないが、とりあえずそんなことを言った。

車内には、さまざまな器具が積んである。どれが何のためのものか、月村にはさっぱりわからない。

「聖パウロ病院に運んでもらってます。月村さん、診察券、持ってるでしょ?」

川井綾乃が顔を寄せてきて訊いた。

「うん、まあ」

家から比較的近いので、かかったことはある。が、大きな総合病院で、自分がなぜ、いま、そんなところに運ばれなきゃならないのか。

「やっぱり、聖パウロ病院なら安心だから」

川井綾乃はそうも言った。

「お名前、お訊《き》きしていいですか？」

救急隊員が言った。

「月村弘平です」

「誕生日、うかがってもよろしいですか？」

「ええ」

と、西暦のほうで答えた。

さらに、住所と職業を訊かれ、

「吐き気はありませんか？」

「ないですね」

「頭痛は？」

「右の上のほうが痛いです」

どうやら頭をぶつけたらしかった。交通事故にでもあったのだろうか。だが、なぜ川井綾乃がいっしょにいるのだろう。

ちらりと川井綾乃の裸体を思い浮かべた。こんなとき、自分はいったいなにを想像しているのだろうと、呆《あき》れてしまった。

「ちょっとわたしの手を握ってみてください」

右手と左手で救急隊員と握手のようなことをさせられた。

救急隊員がなにか書き込んでいるあいだに、川井綾乃が身を寄せてきて、

「ごめんなさい、わたしのせいで」

と、言った。ひどく真剣な表情だった。

「え？」

なぜ、川井綾乃のせいなのだ。

「月村さんに後遺症が出ても、わたしが一生、面倒見ますから」

「一生……？」

なんのことだかわからないうちに、救急車は見覚えのある通りに入り、まもなく聖パウロ病院のＥＲの前に止まった。

2

幽霊騒ぎをつくった男と電話がつながったのは、夜になってからだった。笹山と出前のラーメンを食べながら、今日いっぱいつながらなかったら、明日には豊

洲の住所を訪ねてみようと言っていたのだった。

夕湖は、笹山が永浜の映像資料をチェックするののわきにいて、いろいろ言うのをメモさせられていた。

鉄道オタクというのは、どうしてこんなどうでもいいようなことまで知っているのかと呆れてしまうが、笹山の場合はそれに事件の思い出話まで差し挟むので、進みは非常に遅かった。

それをしながら、三十分おきくらいに電話を入れつづけ、七時近くなって、やっとつかまえたのである。

「長谷川丈太郎さんですね？」

「そうだけど」

不機嫌そうな声である。歳《とし》が四十七というのは、ホテルの名簿で確かめてある。

「ああ、やっとつながりました」

「スマホが壊れて修理に出してたんだよ。嫁がヒステリー起こして、三階から外に投げたもんだから」

「それはそれは。それで、伺いますが、五日前の六月二十三日に、東京ステーションホテルに宿泊されましたよね？」

「泊まってないよ」

長谷川は軽い調子で言った。

「え？　でも、ホテルの宿泊者名簿には」

「ああ。あれは、予約とかいろいろあって、宿泊者もおれにしといたの。お金払ったのはおれだから」

「そうなんですか」

どうしてそういうわけのわからないことをするのだろう。

「泊まったのは、おれの甥《おい》っ子だよ」

「ああ、なるほど。じつは、ちょっとお訊《たず》ねしたいことがありまして」

「だったら、そっちに電話して」

と言うので、名前と携帯の番号を聞いた。

その甥の名前は「長谷川まっこと」といい、本名で小さい「っ」が入るらしい。変わった名前で由来を訊いてみたいが、それどころではない。

住まいは、三重県の伊勢市らしい。

さっそく電話をすると、今度は簡単につながった。

「長谷川まっことさんですか？」

変な名前だと、訊くのも恥ずかしい気持ちになる。

「はあ」

「六月二十三日の夜、東京ステーションホテルに泊まられましたよね？」

「ええ。泊まりましたけど」

声の感じだとずいぶん若い。

「こちらは、東京の丸の内警察署で、わたしは上田夕湖といいます」

「警察？　ぼく、なんかやらかしました？」

「そうではなく、ちょっとお訊きしたいことがあるんです。あの晩の翌朝、東京駅構内で殺人事件がありましてね」

「あ、ニュースで見ましたよ。二件あったんでしょ？」

「はい。それで、南口で殺された方があの晩、東京ステーションホテルに泊まっていたんですよ」

「え？　まさか、隣の部屋とか？」

「違います」

と、夕湖は即座に否定した。

それはホテルの名簿などで確かめてある。長谷川が泊まったのは、永浜が泊まった部屋とは逆の向きで、数室分は離れていた。

「え？　おれ、容疑者？　何もやってませんよ」

「容疑者でもありません」

だが、とりあえず捜査線上には浮かんでいないだけで、どこでどうつながるかはわからない。この電話番号も、木島の携帯履歴にないか、確かめる必要はあるだろう。

「おれ、酔っ払っててよく覚えていないんですが、なんか幽霊見た気がするんですよ」

「その件の話なんです」

「幽霊の件？」

「ホテルの宿泊係に聞いたんですよ。当日、幽霊騒ぎがあったと。それで、殺人事件と関係はないか、お訊きしたくて電話をしていたのですが、宿泊者名簿にあった方となかなかつながらなくて」

「叔父の携帯ですね。壊されたみたいですね。ぼくもイエデンのほうの電話で聞きましたよ。結婚したばかりの嫁がヒステリー起こして三階から投げたって」

「そうなんですね」

「叔父も二十五も若い嫁なんかもらうからですよ」

と、甥っ子は説教口調で言った。

どうも、かなり変わった一族のようである。

「そうでしたか。それで、お訊きしますが、長谷川さんはあの晩、ホテルに泊まってそのあとは？」

「朝、七時の新幹線でこっちに帰って来ましたよ。十時から仕事でしたから」

「どうしてあのホテルに泊まられたんでしょう？」

「ぼくは昔から鉄道が好きで、東京ステーションホテルは鉄道オタクの憧れですからね。それであの日、叔父の結婚式がありましてね。その結婚は親戚《しんせき》一同、皆、反対したんですよ。どうせ、一年も持たないからやめろって。それで、こっちの親戚に出席者が少なくて、ぼくが駆り出されたんです。ぼくだって、出たくなかったですけどね。それで、出るかわりにあのホテルを取ってもらうことにしたわけです」

「ははあ。それで、幽霊の件ですが」

と、話を元に戻した。

小さな「っ」を名前に入れるような長谷川一族と、丈太郎叔父の結婚についてのも詳しく訊きたいが、なにせ本題とは関係がない。

「はい。じつは、あの晩は憧れのホテルに泊まって嬉《うれ》しくて、ホテルのバーでけっこう飲んでから、買っておいたウイスキーをラッパ飲みしながら、夜の東京駅を眺めたりするうち、べろべろに酔っ払いましてね」

「はい」

「それでホテルのちょっとしたスペースで、あれ、なんて言うのかな」

「アトリウムってホテルの人は言ってましたよ」

「そうですか。そこで、血だらけの男を見ましてね。それで、フロントに行って騒いだみたいなんですよ」

「はい」

「でも、血だらけの人を見たから、幽霊だと言ったのか。そこのところが自分でも不思議なんですよ」

「死んでいたと思ったんですか、その血だらけの人が？」

「いやあ、そうじゃないでしょう。動いていたような気がしますから」

「それで、フロントに幽霊がいたと告げ、もどったら誰もいなかったそうですね」

「そうなんです」

「血だらけの人がいたのに、もう一度、引き返したときにいなくなっていたら、幽霊だったのかと思うかもしれませんよね？」

「でも、最初に幽霊が出たってフロントに伝えたんですよ」

「だから、じつは長谷川さんは途中で引き返し、いなくなったのを見てるのではないですか？」

「ああ、なるほど。いや、そうかなあ。ちょっと思い出せないですねえ」

どうもはっきりしない話である。

電話の声は外に洩れるようにしてある。わきで笹山も聞いていて、

「その件は思い出したら連絡するようにしろ。それより、永浜と木島を知っているかは、いちおう確認しといてくれ」

と、メモを寄越した。恐ろしく乱雑な字で、夕湖はやっと判読できたほどだった。

「では、ちょっとゆっくり考えてもらって、なにか思い出したら、お報《しら》せいただけますか？　こっちからも電話させてもらうかもしれませんが」

「わかりました」

「それと、殺された永浜さんのことはご存じないですね？」

「ありませんよ」

「木島鷹志という人物についてはどうです？」

「いや、会ったことも聞いたこともないです」

「わかりました。突然の電話ですみませんでした」

夕湖は電話を切った。

3

電話を切ると、ラインのメールが入っていた。

月村からである。

「ええっ？」

夕湖は目を瞠《みは》った。

「今夜、一晩だけ聖パウロ病院に入院。頭をぶつけた。たいしたことないけど念のためということだから、心配しないで。見舞いもいらないよ」

と、あった。

「入院？　頭をぶつけた？」

思わず口に出して言った。

今日の午後一時に会ったばかりではないか。そのあと、なにがあったのだろう。

捜査会議まであと一時間はある。聖パウロ病院なら、ここからタクシーで十分くらいで行ける。

とりあえず、一度、顔だけでも見たい。

「すみません。ちょっとだけ出て来ていいですか？」

笹山に訊いた。

「どれくらい？」

「捜査会議には戻ります」

「いいよ」

笹山は、そういうことにはあまりうるさくない。

タクシーを拾い、築地《つきじ》の聖パウロ病院まで来た。ここは、『縄文の家殺人事件』のとき、犯人を追い詰めた場所でもある。

救急用の受付に話を通し、七階の病室へ上がろうとロビーに向かう途中、見覚えのある女性とすれ違った。

川井綾乃。元アイドルで、いまは旅行代理店に勤務しているが、月村とはずいぶん仕事上の付き合いがある。

月村が入院したら、見舞いに来ても不思議はないが、それにしても早い。夕湖はメールをもらってすぐに来たのに、向こうは帰るところだとしたら、夕湖よりも先に連絡していたことになる。

——それは駄目でしょう。

川井綾乃は、夕湖の斜め向こうを通り過ぎ、外へ出て行った。歩き方といい、スタイルといい、いつも人に見られている女性という感じがする。オーラが出ている。もう芸能人ではないのに、ああいうのは天性のものなのか。

どうも、あの娘を見ると、コンプレックスを感じてしまう。

幸い、川井のほうは夕湖に気づかなかったらしい。

七階に上がった。この階はすべて個室になっていて、ノックをしても返事はなく、夕湖はそっとなかへ入った。

月村は寝入っていた。

ベッドのそばに立ち、顔をのぞき込んだ。

とくに顔色は悪くない。苦しげでもない。いつも見ている寝顔である。

いったん外に出て、看護師たちの部屋に行き、

「70×号室の月村さんの見舞いに来たのですが、もうお寝《やす》みになっていて。容体はどうなんでしょう？」

「あ、月村さん、寝ちゃってた？　ご飯食べたばかりで眠くなったのかも。先生は心配ないっておっしゃってたわよ。一過性の脳震盪で、いちおう念のため一晩だけ入院させたんでしょ」

「そうですか。交通事故だったんですか？」

「ううん。なんか、ホテルの床が大理石で、滑って転んだみたいよ」

「ホテルの床？」

ホテルに行くなんて、なにも聞いていない。いったい、どういうことなのか。

捜査会議があるので、急いで戻らなければならない。

夕湖は、枕元《まくらもと》にメモを残し、また来ることにした。

びっくりして飛んで来たけど、
捜査会議に出なくちゃならず、また来ます。
ホテルの床で滑ったんだって？

一階で川井綾乃さんを見かけたけど？

邪推はよそうと思いながら、憂鬱《ゆううつ》な気分でドアを閉めた。

4

夕湖は捜査会議に戻った。

ちょうど笹山が立ち上がって、今日の進捗《しんちょく》状況を発表するところだった。

「わたしは永浜三起矢の鉄道に関する資料をチェックしていますが、なにせ膨大でまだまだ全部は見切れていない状況であります。ただ、東京駅についての資料が多々あったことで、ステーションホテルにもう一度、探りを入れたところ、永浜が泊まった晩、ホテルで幽霊騒ぎがあったらしいのです」

「幽霊騒ぎ？」

と、これは出席者の興味を惹《ひ》いた。

「あのホテルには、アトリウムという休憩スペースがあり、そこに血だらけの男が座っていたのですが、発見者の客は幽霊がいるとフロントに報せました。係員といっしょに駆けつけたときは、姿は消えていたそうです」

「だったら、幽霊ではなく、怪我人だろう?」

　ほかの刑事が訊いた。

「そうなのですが、その発見者とは先ほどやっと連絡が取れたのですが、泥酔してよくわからないらしいのです。思い出したら、連絡するとは言ってましたが、こちらからも連絡はつづけます」

「そうしてくれ」

　と、捜査本部長こと丸の内警察署長が言った。

「ただ、気になるのは、永浜の部屋にあったルミノール反応と、この血だらけの男の関係であります」

「なるほど」

「明日、アトリウムに血痕がないか、鑑識を出していただけたらと思います」

「そりゃあ、廊下も残っているかもしれないな。永浜の部屋はまだ使用不可になっているのかね?」

　署長が訊いた。

「今日あたりまでは使用不可にしてるのでは?」

「早いほうがいい。鑑識を出してくれ」

という署長の命令に、刑事が一人、飛び出して行った。

「それと、発見者もいちおう犯行にからんでいないとも限らないので、携帯の番号を申し上げますから、木島鷹志の携帯に残っている番号と、照らし合わせてみてください」

と、笹山は長谷川まっことの番号を伝えた。

これで、笹山の報告は終わった。

つづいて、木島鷹志の携帯の解析をしていた班長が、

「発信データ、受信データ、メールなどについては、おおむね調べが終わっています。まだ、何人か連絡のつかない相手もいますが、一両日中には完了するかと思われます。それで、一件だけ、重要な受信データがありました。木島が殺される一時間前、電話が入っていました」

「一時間前か」

「それ以降、木島の携帯に電話はありません。それで、その電話の発信元は、国会議事堂近くにある公衆電話でした」

この発表には、一同が首をかしげた。

「はい。その電話は特定しました。それは地下鉄の永田町《ながたちょう》駅近くにある電話でした。もちろん誰でも利用できますが、最近は携帯の普及で使用頻度は減っています。また、周囲に監視カメラはなく、使った者を特定するのは不可能です」

「当日、国会は？」

署長が警視庁の捜査一課長に訊いた。

「国会はなかったな」

「だが、殺される一時間前というと六時半ごろですね。ふつうの人間がその時間にあんなところに行きますかね？」

署長がそう言うと、刑事のなかから、

「国会図書館がありますよ」

という声が上がった。

「そうか」

署長はうなずき、

「ほか、発表は？」

と、訊いた。

「国会議事堂？」

ほとんど成果は挙がっていない。

容疑者が浮かばないどころか、被害者同士のつながりもわからない。

後ろのほうにいた刑事が、不謹慎なことを言った。

「これは、もう一件くらい殺しが起きてみないとわからないのかな」

「そういうことは言うな」

署長がたしなめ、捜査会議は終わった。

5

月村弘平は、夕食のあと、一時間ほど爆睡してしまった。

脳のCTなど、いろいろ検査をされ、けっこう疲れてしまったらしい。

ベッドのわきのデスクに、夕湖の置き手紙があった。

それを見た月村は、顔をしかめた。

——まずいなあ。

ホテルの床で滑ったというのは、看護師あたりに聞いたに違いない。川井綾乃を見たのは、たぶん彼女も一度、ようすを見に来て、仕事にもどったのだろう。

そっけない文面には、夕湖の怒りが感じられる。川井綾乃とホテルにいて、滑って転び、救急車を呼んだと、そう受け取られても仕方がないのだ。

——報せなければよかったかも？

と思ったが、夕湖は今晩、泊まりに来るかもしれなかったのだ。そのとき帰らなかったりしたら、ますます心配されるだろう。

——こういうときは嘘《うそ》を言ってはいけない。

と、月村は思った。

ただ、頭を打つ前後のことをよく覚えていない。

夕湖たちの話を聞いたあと、自分も東京ステーションホテルに泊まってみたくなった。それは、交通の歴史をテーマにしてきた歴史研究者としての興味でもあり、最近起きた連続殺人に対する興味でもあった。捜査本部では、連続殺人への疑いも出て来ているらしいが、そんなわけがない。偶然が、あんな細い糸で結ばれるわけがない。

それで、川井綾乃に連絡すると、今日、空き室があるというので、さっそく駆けつけたのだ。

部屋に入ったところまでは覚えている。

だが、そこからは記憶がない。

なぜか、川井綾乃の裸の姿が頭に浮かぶが、これは妄想なのだろう。

部屋で転び、気を失った。そこへ川井綾乃が来て、倒れている月村を発見し、救急車を呼んだ。たぶん、そういうことなのだ。

——正直に言うしかない。

そう思ったとき、ノックの音がして、夕湖が顔を出した。

「やあ、夕湖ちゃん」

「大丈夫？」

「ぜんぜん大丈夫。心配かけて悪かったね」

「そんなのは平気だけど」

「ぼく、なにも疚《やま》しいことはないからね」

月村はいきなりそう言った。

「え？」

夕湖のほうがかえっておどおどした。

「いや、ホテルで転び、下で川井綾乃さんを見かけたんだろ。誤解の要因が揃《そろ》っちゃってるからさ」

「なにがあったの？」

夕湖に訊かれ、月村はさっきまで思い出していたことを正直に話した。

「ふーん」

「だから、なにも疑われることはない。だいたい、ぼくは部屋で一息ついたら、夕湖ちゃんに連絡して、泊まりにおいでと言うつもりだったんだから」

と、月村は言った。それは決して嘘ではない。

「でも、変だよ」

夕湖は、月村の目を見て言った。

「え、なにが？」

「月村くんが倒れ、気を失っていたとしても、そこへどうして川井綾乃さんが入れるの？　ホテルはやたらと他人は入れないよ」

「ほんとだ。でも、ぼくはなにも隠しごと、ないよ」

「前後のこと、よく覚えていないんじゃないの？」

「え？」

「それか、川井さんのことをかばってる」

「なにをかばうの？」

「月村くんて、小学校のときからそういうことあったよ」

「そうかな」

夕湖は昔、八丁堀に住んでいて、登校班の班長でもあった。

「一度、通学路に庭でぶどうをつくっているおじさんの家があって、いっしょに通学してた悪戯《いたずら》っ子がそのぶどうをもいだことがあったんだよ」

「そうだっけ？」

「ちょうどそのとき、おじさんは、ぶどう棚が動くのを見て、こらって追いかけて来たの」

「へえ」

「すると、悪戯っ子はそのぶどうを月村くんのランドセルに隠したんだよ」

「なるほど」

「追いかけて来たおじさんは、月村くんのランドセルのふたが開いてるのを見て、なかを見るとぶどうがあったわけ。月村くん、そのとき、なんて言ったか覚えてる？」

「いや、覚えてない」

「ありゃりゃ。ぼくは、知らないうちになんてことをしてしまったんだろう。まいったな、こりゃって」

「こりゃっていうのは、話を盛ってない？」

「ううん。おどけた調子でそう言ったの。悪戯っ子がやったのも、わかってたはずだよ。それでわたしが悪戯っ子を問い詰め、おじさんに詫《わ》びを入れさせ、ぶどうも返したんだから」

「そんなことがあったんだ」

「川井さんに誘惑されたんじゃないの？」

夕湖はいきなりそう言った。ちょっと尋問口調になっていた。

「え？」

「でも、月村くんは据え膳を食うような人じゃないから、逃げようとしたの。その拍子に足を滑らせて、ひっくり返ったんだよ。あのホテルは、洗面台のあたりの床が大理石になってるから、滑りやすいしね」

「うーん。それはないと思うよ。だいたい、ぼくがそんなにもてるわけないって、夕湖ちゃん、知ってるだろ？」

「うん。でも、世のなかには蓼《たで》食う虫も好き好きってこともあるし」

「そうかなあ」

月村は内心、それが正解かもしれないと思った。そうすると、川井綾乃の申し訳なさそうな態度なども納得がいくのだ。

だが、なぜか頭に浮かぶ川井綾乃の全裸の姿のことは、口にする気にはなれなかった。

6

その晩、夕湖はチェットの餌《えさ》のこともあって、一人で月村の家に泊まった。

月村は病院の個室で、朝早くからニュースを見ていた。

すると、今朝の三時ごろに起きたらしい東京駅前の轢《ひ》き逃げ死亡事故について報道していた。

アナウンサーは東京駅全体が見える広場の端のほうに立ち、

「まだ夜が明け切らないうちのできごとで、目撃者はほとんどいなかったようです。ただ、もし近くを通っていた人がいたら、ドスンという音は聞いたはずですので、今後、通報する人も出て来ると思われます。

まだ、被害者の男性の身元はわかっていません。酔っ払って、しかも携帯を見ながら歩いているとき、スピードを出していた車がぶつかったようです。男性は撥《は》ねられ、そこの銅像の台座に激突しました。携帯も轢かれて、無茶苦茶に破損してしまったようです」

といったことをリポートしていた。

途中、夕湖が月村の家から着替えを持って入って来た。

「轢き逃げ事故あったんだ」

「うん。東京駅の前でね」

「じゃあ、丸の内警察署の交通課は大変だ」

「これ、気になるよなあ」

月村は言った。

「なにが?」

「もし、これが第三の殺人だったらと思ったのさ」

「まさか」

と、夕湖は笑った。

「疑えない?」

「どっちにしても、轢き逃げは検挙率がほぼ百パーセントだから、犯人は逃げられないよね。第三の殺人なら、ありがたいと言う刑事もいると思うよ」

「どうかなあ」

「なにが？」

「捕まるかどうか、わからないぞ」

「警察、甘くみちゃ駄目だよ」

夕湖は胸を張るように言った。

「突発的な轢き逃げだったら、たしかに百パーセント捕まるかもしれない。でも、計画的に準備万端整えられると、そうはいかないんじゃないかな」

「え？」

「あらかじめ、車両などに偽装がおこなわれていたらどうなる？　古タイヤを用意し、塗料もペンキを塗っておき、さらにナンバーもでたらめだったら？」

「……………」

「あの銅像も昔の暗殺事件と関係があるの？」

夕湖は月村に訊いた。

「関係はないが、東京駅にとってはきわめて重要な人物の銅像だよ」

7

退院の手続きは午後になってしまうというので、月村はちょっとだけ下でコーヒーを飲むようなふりをして、夕湖とともに東京駅前の交通事故現場までタクシーを飛ばした。

「そこだ、そこだ」

タクシーを降りると、まだ警察官がいて、現場の取り調べをおこなっていた。

月村は、できるだけそばまで行き、

「あれが銅像だよ」

と、指差した。

「立派な銅像だね」

「そうだね。台座が大きいからね」

台座の下に説明書きがあるが、ロープが張ってあって近づけない。

月村はネットで画像を出し、夕湖に見せた。

「井上勝《いのうえまさる》。鉄道の父かあ」

長州出身で、幕末に伊藤博文《いとうひろぶみ》や井上馨《いのうえかおる》とともにイギリスに密航し……と、主な経歴が書いてある。

「この伊藤博文たち密航組は、長州ファイブと呼ばれているんだ。長州というと、吉田松陰《よしだしょういん》と松下村塾《しょうかそんじゅく》の生徒たちの活躍があまりにも有名だけど、松陰の優秀な生徒たちというのはほとんどが幕末動乱の早いうちに死んでしまっているんだよ」

と、月村は解説した。

「そうなの」

「伊藤博文はいちおう松下村塾に行ってはいたけど、身分が低かったこともあって、松陰にはあまり目をかけてもらえなかったんだ。あとの四人は、松下村塾には通っていない。むしろ、桂小五郎《かつらこごろう》派と言ったほうがいい人たちだよ」

「そうなんだ」

「でも、幕末維新にこの長州ファイブが果たした役割というのは、もの凄《すご》く大きかったんだよ。ちょっと不公平じゃないかと思えるくらい、一般的な人気はないんだけどね」

「あら、可哀《かわい》そう」

「長州については、国民的作家と呼ばれる小説家が、吉田松陰と高杉晋作《たかすぎしんさく》についてじつに面白い小説を書いたため、どうしても多くの日本人はそっちを中心に歴史を見てしまうんだよ。でも、歴史というのは、違う視点から眺めると、まるで別の顔が見えてきたりするものなんだよねえ」

「へえ」

「この井上勝の銅像は、じつは二代目で、初代は高知にある有名な坂本龍馬の像をつくった本山白雲《もとやまはくうん》という人がつくったんだ」

「あ、そうなの」

「でも、その像は戦争中の金属供出で溶かされてしまった。それで、昭和三十四年（一九五九）に、二代目のこれがつくられた。つくった人は、朝倉文夫《あさくらふみお》という彫刻家。デートしたこと、あるだろ？　谷中《やなか》の家」

「ああ、あの凄く素敵な庭のある家」

と、夕湖はうなずいた。

家の中庭なのだが、巨石と池と数本の木の佇《たたず》まいが、なんとも言えず素晴らしかった。夕湖は東京にも、こんなに素敵な、京都の庭にも負けないような庭があるんだと、驚いたほどだった。

「そうそう」

月村は、たくさん置いてあった猫の像が凄く気に入っていた。

「東京駅がいまのかたちになる前は、もっと駅舎の近くで、皇居のほうを向いて立っていたんだけど、復原工事が終わって、ここへ改めて設置されたわけ」

「ねえ、この人って、暗殺はされなかったの？」

と、夕湖は訊いた。

あの総理大臣二人の暗殺と、なにかからみはあるのだろうか。

「暗殺はされていないよ。井上勝はロンドンに旅行中、持病の腎臓《じんぞう》病が悪化して亡くなったんだ」

「病死かあ」

「ただ、なにせ幕末の志士だった人だから、周囲は暗殺とは無縁ではない。いっしょに留学した伊藤博文は自ら暗殺に手を染めているし、最後は逆にハルビンで暗殺された。また、井上馨も暗殺されそうになり、全身を切り刻まれたりもした。でも、井上勝は暗殺にはからんでいないと思う」

「じゃあ、もし、轢き逃げが計画的な殺人だったとしたら、なぜ、ここで？」

「わからないよね。この連続殺人事件は、ほんとに難しいね」

月村は、なかば呆然《ぼうぜん》とした顔で言った。

第五章　マニア、マニア、マニア

1

月村と別れ、丸の内署に入った夕湖は、捜査本部を見回した。

笹山はすでに出勤し、永浜の資料をチェックしていた。

「笹山さん」

「おう、早いな」

「ちょっと相談があるんですよ」

「なんだ？　休暇は駄目だぞ」

「そうじゃないですよ。じつは、今日の朝四時前くらいに、東京駅の駅前で交通事故があったんですよ」

そう言いながら、夕湖は笹山のわきの椅子《いす》に腰を下ろした。

「あったみたいだな」

「あれって、南口と中央通路の殺人につづく、第三の殺人じゃないですかね？」

「第三の殺人だと？」

夕湖は小声で話したのに、笹山の声が大きいものだから、数人がこっちを見た。

だが、近づいて来る人はいない。

「なんか気になるんですよ」

「なんで、そう思ったんだ？」

「被害者が頭をぶつけて亡くなったのは、明治の元勲で鉄道の父と言われた井上勝の銅像の台座なんです」

「そいつも暗殺されたのか？」

「いえ、暗殺はされてないんですが、歴史に関係する場所ではありますよね？」

「………」

笹山はしばらく考え、

「ま、勘のいいお前の言うことだから、いちおう訊いてみるか？　ただ、事故からまだ五時間しか経《た》ってないから、ほとんどわかってないと思うぞ」

と、交通課に連絡した。

「笹山だけどな、今朝の東京駅前の事故だけど、なんか変なことはないか？　なに、おおあり？　うん、ああ。わかった。いまから行く」

「どうしたんですか？」

「お前の勘が当たったかもしれない。なんか変な事故なんだと」

「やっぱり」

笹山と夕湖は、二階にある交通課に向かった。

「なにが変なんだ、麻生《あそう》？」

笹山は交通課員の一人を呼んだ。

「じつは、いま、署長にも報告したんですが、これが近くの監視カメラに写っていた映像なんですがね」

麻生と呼ばれた若い課員は、パソコンに画面を出した。

「まず、運転席を見てください」

「これはひでえな」

運転席の男は、ナイキの野球帽をかぶり、マスクをしている。つまり、顔はまったくわからない。

「それで、このナンバーですけどね、偽造ナンバーです」

「なんてこった」

「しかも、車種はサニーみたいなんですが、廃車になったやつを塗り直し、改造までしてますね。タイヤも廃棄したやつをつけてます」

「じゃあ、持ち主は出て来ないのか？」

「東京中の監視カメラで後を追いかけますよ」

「追いかけきれればいいけどな」

と、笹山は言った。

東京はいまや方々に監視カメラが満ち満ちている。夕湖でさえ、ちょっと怖くなるくらいである。

「あとは、車の改造とかはその道のプロがやりますから、そっちの筋からも追ってみます」

「なるほど」

と笹山はうなずき、夕湖を見た。

「署長はなんておっしゃってました？」

「しっかりやってくれと」

「そうですか」

連続殺人とは関連づけていないらしい。

「でも、なんで笹山さんが?」

麻生が訊いた。

「もしかしたらこの事故は、第三の殺人かもしれない」

「えっ、例の関連?」

「ああ。ちょっと署長を呼んで来よう。上田はここにいろ」

笹山はそう言って、捜査本部に引き返して行った。

「笹山さん、交通課にもおられたんですか?」

と、夕湖は麻生に訊いた。

あの態度のでかさは、直接の先輩でないと取れないだろう。刑事課でも大きな顔をしていたが、交通課では顔が二倍くらい大きくなっている。

夕湖は隣にいて、ハラハラしたくらいだった。

「ここの交通課にはいなかったです。でも、本庁の交通課にいたんです」

「本庁の?」

そんなことはなにも言ってなかった。

「笹山さんは鉄道公安官から警視庁に移ったとき、本庁で交通課の白バイ隊員になったんですよ。凄いテクニックでしてね。しかも、高速道路の取り締まりでは、伝説的な活躍をし、〈ナナハンの鬼〉という異名を取ったほどです」

「そうなの？」

「凶悪で有名な暴走族に一人で立ち向かったのは、ほとんど英雄譚《たん》になってますよ」

「へえ」

「丸の内署に来てからはずっと刑事畑ですけど、ぼくらはいろいろ聞きますからね。もう羨望《せんぼう》の的ですよ」

「そうだったんだ」

態度のでかさも納得した。羨望の目で見つめられていれば、むしろ態度が大きいほうが自然かもしれない。

そこへ、笹山は署長といっしょにやって来た。

署長は深刻な顔で、

「聞いたよ、上田刑事。確かに怪しいな。それも頭に置いて、捜査を進めよう」

とりあえず、交通課からは捜査経過をそのつど報告してもらうことになった。

2

月村は夕湖と東京駅で別れたあと、一度、聖パウロ病院にもどって退院の手続きをした。担当医からは、まったく問題ないと太鼓判を押してもらった。

病院の玄関を出たところで、川井綾乃から電話が入った。

「いまから叔父といっしょに見舞いに行きます」

と言うので、

「見舞いなんかいいよ。もう退院しちゃったし」

明るい口調で言った。

「え？　もう、退院していいんですか？」

「検査結果もなんでもなかったし、ぜんぜん平気だよ」

じつは、多少、打ったところがズキズキするが、それは二、三日で治ると、医者は言っていた。

「でも、叔父にぜんぶ正直に話したら、それはわたしも行かなきゃ駄目だって。入院費などもすべてうちが持ちますから」

「そんなのも平気だって」

川井綾乃の叔父さんといったら、ヤマト・ツーリストの社長ではないか。そんな偉い人に出てこられたら、かえって気詰まりである。

「いや、こっちが困りますよ」

「それより、仕事をちゃんといただいたほうがありがたいよ」

月村はそう言った。なんか気まずくなってしまい、仕事が減るのがフリーの歴史研究家兼ライターにはいちばん困るのだ。

「そんなのは……、こちらこそ月村さんは頼りにしてるんですから」

「それで充分です。ところで、ホテルの支払いは？」

「あ、急遽《きゅうきょ》、キャンセルしたから大丈夫です」

「そうなの」

あんな人気ホテルがそんなに都合よくキャンセルができるのか。だが、そこらあたりは月村が突っ込んでも仕方がない。

「じゃあ、とりあえずお見舞いはやめるということで」

と、川井綾乃は言った。

「うん、そうして」

「それで、あの……」

なにか言いにくそうにしている。

月村は先回りすることにして、

「じつはぼく、あのときの衝撃で前後のことが思い出せないんだよ。それで、見舞いに来たカノジョに相談したんだ。ほら、ぼくのカノジョ、警視庁捜査一課の刑事だろ。そしたらカノジョは、解決したと思われる事件にも、かならずわからないことはあるんだって。だから、思い出す必要はないって言われたよ」

もちろん、夕湖はそんなことは言っていない。

「わかりました。わたしも、しばらくは謹慎してます。あ、もちろん仕事はそれとは別にどんどんやってもらいますからね」

川井綾乃は明るく言って、電話を切った。

やっぱり根は賢い、さっぱりした気性の女性なんだと、月村は感心したのだった。

3

笹山と夕湖が捜査本部にもどり、永浜の資料のチェックを始めるとまもなく、夕湖の携帯が鳴った。

「ぼく、伊勢市の長谷川まっことといいますが」

「ああ、昨日はどうも」

「じつはいま、東京に着いたんですよ」

「東京に？」

「昨夜、結婚したばかりの叔父さんに離婚騒ぎが持ち上がりましてね、仲裁を頼まれたんですよ」

「あら、ま」

「嫌だったけど、また東京ステーションホテルを取ってくれるというので、引き受けてしまったんです。それで、新幹線の車中で、この前のことをだんだん思い出しましてね」

「そうですか」

「お話ししたほうがいいんですよね」

「ぜひ」

「いま着いたところで、まだチェックインはできないんですが、ステーションホテルの一階の喫茶室に行きますよ」

「わかりました。われわれもすぐ伺います」

笹山と夕湖は、すぐに東京ステーションホテルの喫茶室に向かった。

長谷川まっことは、カウボーイハットをかぶっているというので、すぐにわかった。革のベストも着て、ほとんど西部劇の人みたいである。顔はやけに真面目《まじめ》そうで、若いのに叔父の離婚の相談に乗るような雰囲気はあった。

「どうも、長谷川さん。警視庁捜査一課の上田です」

夕湖が声をかけた。

「え、こんな可愛《かわい》い刑事さんなの」

長谷川は目を輝かせて言った。

「可愛くないですよ。犯罪者からは、しつこくて嫌われてますし」

夕湖は無表情のまま言った。

「いやあ、なんか想像と違ったなあ」

と、だらしない顔をした長谷川に、

「それで思い出したこととは？」

笹山がぴしゃりと訊いた。

「ああ、はい。じつはあのとき、死んだ俳優とそっくりだった人とすれ違ったみたいなんですよ」

「死んだ俳優？」

「名前、わからないんですよ」

「日本人？」

「日本人です」

「最近、死んだの？」

「たしか、この一年くらいのうちです」

「誰か死んだか？」

笹山が訊いてきたので、夕湖は思わず、

「樹木希林さん？」

と、言った。

「いや、男で」

長谷川は苦笑して言った。

「ですよね」

そんな気はした。

「けっこうな歳《とし》の俳優さんだったけど、おれ、昔のドラマの再放送を見ていたことがあって、覚えてたんですよ」

「なんていうドラマ?」

笹山が訊いた。

「ほら、『相棒』の主役の人、いるでしょ?」

「水谷豊《みずたにゆたか》か? まだ、生きてるぞ」

「いやいや、その相棒の人が、兄貴、兄貴って慕ってるんですよ」

「ああ、わかった。『傷だらけの天使』だ。萩原健一《はぎわらけんいち》か。ショーケンか」

夕湖もその名は知っている。渋い俳優だった。

「そうです。その人とそっくりの人とすれ違ったんですよ。だから、幽霊かって思ったんですね」

「いつ、すれ違ったんだよ?」

と、笹山は訊いた。

「血だらけの男を見たときです」

「見る前か？　後か？」

「見る前ですね。すれ違ったとき、ぞっとして、それから血だらけの男を見ました。それで、酔っ払っていたから混乱して、フロントには幽霊がいたって言いに行ったんでしょう」

「血だらけの男は、そいつにやられたかもしれないのか？」

「そうかもしれないですね」

「永浜の部屋の前の監視カメラの映像はどうなってたっけ？」

笹山が夕湖に訊いた。

「あそこ、廊下が長くて、部屋の出入りがよくわからなかったんです」

「鑑識で血痕を調べているよな？」

「はい。いちおう血液型とかは出てましたが、永浜の部屋の反応と一致するかは難しいと言ってましたね」

「そうか」

笹山は悔しそうに言った。

「お話ありがとうございました」

夕湖が質問を打ち切ると、

「いやあ、さっき叔父にも連絡したんですが、このホテル、予約がいっぱいでもう駄目だと言うんですよ。それで、代わりに××ホテル取ったからと言うんですよ」

都内にいっぱいある有名なホテルの名を言った。

「それで、話が違うって、いまから帰ろうと思って」

「そうなんですか」

面白そうな揉《も》めごとだが、夕湖には関わっている暇はなかった。

4

また捜査本部にもどって、永浜の資料のチェックを始めた。

途中、昼食で中断し、二時くらいになって、

「いちおうすべて検索したが、とくに変わったデータは見つからなかったなあ」

と、笹山は言った。

「そうですかあ」

「うーん。おれがわからないなにかがあるのかなあ」

自信なさげな顔になった。

「子どものころから鉄オタで、元鉄道公安官の笹山さんでもですか？」

「おれも、不得手な部分はあるからな。たとえば、鉄道の歴史も明治大正あたりになるとさっぱりわからないしな」

「そりゃ、そうですよ」

「あの歴史研究家」

と、笹山は何か思いついたらしい。

「はい。月村さんですね」

「専門は交通の歴史なんだろう？」

「そうみたいです」

「ちょっと見てもらえないかね」

「これ全部ですか？」

月村だって忙しいのだ。

「全部詳しく見なくても、ざっと眺めてもらってさ」

「どうでしょう。訊いてみます？」

「うん。訊いてくれ」

わざわざ席を移すのも怪しい気がして、笹山の隣で電話をした。

「もしもし」

月村はすぐに電話に出た。

「あ、わたし、昨日お伺いした警視庁の上田と申しますが」

改まった口調で名乗った。これで、仕事場からだと察するのだ。

「あ、はい、上田さん。昨日はどうも」

月村も調子を合わせる。

「じつは、東京駅南口で殺害された永浜という人は、かなりの鉄道オタクだったみたいでして」

「へえ」

「もしかして、そのあたりに殺害された原因があるかもしれないと考えたりしているんです」

「なるほど」

「ただ、彼の資料をざっと見ても、特徴的なことが浮かんで来ないんです。それで、月村さんの視点で、永浜の資料を見てもらい、なにかご助言をいただけないかと思ったのですが」

「資料はどういうかたちです？」

「すべてデータ化されてて、パソコンの画面で見るのが可能です」

「なるほど。ざっと見るくらいならいいですよ」

月村は気軽に引き受けた。

「では、こっちからご自宅にお持ちしましょうか？」

「それより、そっちに伺って見たほうが早いでしょう。ぼくは近いから、いまからでも伺いますよ」

月村の声は、笹山にも聞こえている。

笹山は、それでいいと、うなずいた。

「では、お待ちしてます」

丸の内警察署は、本来、皇居前の目立つところにあったが、建て替えることになり、いまいるのは有楽町駅に近い仮庁舎である。

その場所を伝えると、十五分ほどでやって来た。

Tシャツに薄いジャケットをはおっただけの、気軽な恰好である。

「どうぞ、おかけください」

と、夕湖は捜査本部の椅子を勧めた。

職場に月村がいるのは、妙な感じである。

「ぜんぶデータ化してありましてね。最初、気づかなかったんですよ」

と、笹山は言った。そのことを最初に指摘したのは月村だが、もちろん笹山は知らない。

「そうですか」

月村はとぼけながら、ちらりと夕湖を見て微笑《ほほえ》んだ。

「ええと、ここからかな」

と言いながらも、笹山は画面を出すのにもたつき、別の画面が出てしまった。

「あ、ちょっと待ってください」

と、月村が言った。

「え？」

「これは？」

「永浜の部屋ですね」

と、笹山は言った。

「これをクローズアップしてもらえませんか？」

月村は画面に指をつけた。

壁に飾ってあるなにかである。

笹山が画面を拡大すると、

「へえ、こんなものがまだ巷《ちまた》にあったんだ」

と、月村は感心した。

「なんです、これは？」

「これはたぶん、日本の鉄道開業式のときに使われた新橋、横浜間の特別切符ですよ。非常に貴重なものです」

「ほう」

「ほかにもあるのかな？」

と、永浜の部屋の写真を見て、

「あ、この棚に飾った時計」

「なんです？」

「最初の鉄道時計かも」

「最初の……」

「鉄道時計というのはとにかく正確でなければならず、日本はまだ時計技術が追いついていなかったのです。それで明治三十年に最初に鉄道時計として採用されたのは、アメリカのウォルサム社の懐中時計でした。これはたぶん、それですよ」

「そんなのあるんですな」

「ぼくは、セイコーの時計博物館で見ただけです」

「それは凄い」

「この人はコレクターだったのかな？」

月村はそこで考え込んだ。

笹山はそれで納得したらしい。

「コレクターかあ」

だが、月村は、

「いや、コレクターにしては、飾ってある点数が多くないんですよ。もしかして……」

「なに？」

笹山が答えを待った。

「ちょっと知り合いに確かめてみますね」

月村はそう言って、外の廊下に出た。

月村は窓際に立ち、電話をした。

相手はすぐに出て、

「なんだ、月村か」

と、横柄な口調で言った。

R大学の講師の園部学《そのべまなぶ》である。研究室ではライバルだった。ライバル心を剝《む》き出しにするので、閉口するところもあったが、いまは違う。園部のことを嫌なやつと嫌う人も少なくはないが、月村は嫌なやつでも知り合いは多いほうがいいというふうに思っている。

園部は交通が専門ではないが、古い建築については詳しい。この前、テレビで東京駅について解説していた。

また、園部は東京駅の煉瓦《れんが》を所蔵していて、それは鉄道関係のオークションで手に入れたはずだった。オークションというと、最近はネットオークションが流《は》行《や》りだが、鉄道関係というのは昔から、JRの子会社主催とか、マニア以外は知らないものがいくつもあるのだ。

「ちょっと訊きたいんだけどさ」

「なんだよ」

「東京駅の煉瓦、オークションで手に入れたんだろ？」

「ああ。お前も欲しいのか？」

「ぼくはモノ集めには興味ないよ。よくのぞくんだろ、オークションは？」

「まあな」

「永浜三起矢って名前に覚えない？」

「殺されただろ、この前」

園部はすぐに言った。

「知ってたのか？」

「ニュースくらい見るからな。売買のことでこじれたのかと思ったよ」

「売買のこと？」

「オークションによく、とんでもない希少品を出してたからな」

「そうなんだ」

「もちろん、買いつけもする。若いのにやり手だったよ」

「なるほどな」

それだけ聞けばいい。

電話を切ろうとすると、

「おれもお前に頼みがある」

「なんだい？」

「今度、銅鐸《どうたく》のことをテレビでしゃべるんだけど、クイズ仕立てにしたいので、五問ほどつくってくれと言われてるんだ。まったく学者をなんだと思ってるのか。月村ならやれるだろう？」

「お安いご用だ。やってやるよ」

「助かる。詳しくはメールしとくよ。じゃあな」

園部のほうから電話を切った。

月村は廊下からもどって来て、

「永浜三起矢は、鉄道関係のオークションでは有名だったみたいです。とんでもない希少品を出してきたり、かなりやり手だったようですよ」

と、言った。

すると夕湖は、

「あ」

と言った。

「どうした、上田？」

「永浜はよその銀行に二千万の口座があるって言ってましたね。それがこれだったんじゃないですか」

「そうか。金儲《かねもう》けがからむから、あいつの資料はあんなふうに全ジャンルを網羅するようなものだったんだな」

と、笹山も納得した。

「じゃあ、ぼくはこれで」

月村は、笹山にはわからないよう夕湖に目配せすると、捜査本部を出て行った。

5

夕方になって、署長が笹山と夕湖を呼んだ。

「笹山くん。交通課から交通事故死の被害者がわかったと連絡が来たよ」

「どうやってわかったんですか？」

夕湖が訊いた。

携帯電話は、後輪でも轢かれ、データが取り出せないほど破損していた。もっともこれも、故意にやったと疑われるのだ。

「財布が輸入物の最新型で、そこからわかったそうだ」

「なるほど」

「名前は片岡喜良人《かたおかきらと》。二十九歳の商社マン。商社といっても、大手の総合商社ではないみたいだ。会社は新橋なので、当人のことを聞き込んできてくれ」

署長の命令で、笹山と夕湖はすぐに新橋へ向かった。

〈イースト商事〉という名のその会社は、新橋駅前の古いビルのなかにあった。ワンフロアすべてを使っていて、社員も二十人以上いるらしい。

被害者の父である社長と、母である副社長は、遺体の確認に行っていて、専務という被害者の姉が応対してくれた。

「喜良人は次男でして、骨董《こっとう》のほうの買い付けを担当してました。この五年ほどは、ほとんどヨーロッパにいるときのほうが多かったんです。おもにロンドンとパリに住んでいました」

「近ごろは日本におられたんですね？」

笹山が訊いた。

「はい。でも、十日ほど前から会社に出て来てなくて、心配していたんです」

「なにかトラブルに巻き込まれたようなようすはなかったですか？」

「喜良人は、この近くのワンルームマンションで暮らしていて、日常のようすはよくわからなかったんですが、少なくとも仕事上のトラブルはなかったと思います」

「性格はどんなふうでした？」

「なんて言うのか、凝り性なんです。だから、骨董の仕事を担当させていたんですが、どっちかというと趣味のほうに熱心でした」

「趣味？」

「あの子は、歴史オタク、というか、古代とか戦国とかにはまったく興味がなくて、ひたすら幕末のオタクでした」

「幕末オタクですか。新選組？」

「いや、佐幕ではなく勤皇側ですね。うちは、祖父が山口出身なので」

「長州ですな」

と、笹山は言った。

「喜良人の個室をご覧になってください」

　フロアの一部に個室がつくられていた。

　なかは、壁一面が書籍とグッズで埋まっていた。

「ほう。これはすべて幕末の史料ですか。英文のものもありますね」

「幕末とか明治初期にロンドンやパリにも来ていた薩摩《さつま》や長州の人たちについてもよく知ってました」

　夕湖はさりげなく書架を見渡した。月村が書くような、一般向けの本は少なく、ほとんどが専門書だった。

「ご自分で本を書いたりは？」

　と、夕湖が訊いた。

「書きたかったみたいです。ただ、あまりにも文才がなくて、何度か出版社から原稿を突き返されたらしいです」

　デスクの真ん前の本棚には、ポストイットに書かれたメモが、いっぱい貼りつけてある。

　それを見ていた夕湖が、

「笹山さん、これ」

「あ」

木島鷹志の住所がメモしてあった。

「ついに、つながったな」

と、笹山は言った。


夜八時からの捜査会議を前に、笹山は発表することを紙にメモしている。

そのあいだ、夕湖は廊下に出て、月村に電話をした。

どうせ、夜には記者発表もされるので、月村には直接、教えてあげたくなったのだ。

「片岡喜良人？　研究者なの？」

「研究はしてたけど、文才はなくて、本とか論文は書いていないみたい」

「ああ、そういう人もいるよ」

「そういうタイプはマニア同士でも知らないのかしらね」

「どうかな。もしかしたら、堀井は知っているかも」

月村の友人で編集者の堀井は、夕湖も何度か会ったことがある。

いったん電話を切り、確かめてもらうことにした。

五分くらいして、月村から電話が入った。

「堀井は知ってたよ」

「どういう人？」

「とにかく熱烈な幕末オタクで、堀井の編集部にもよくメールとか手紙とかを寄《よ》越《こ》していたらしいよ。とくに、薩長の動きについては詳しくて、まるで倒幕の志士にでもなったつもりだったみたいだね」

「なるほど」

「ただ、突っ込み方が詳しすぎて、全体はあまり見ないらしい。どうでもいいようなディテールにとことん突っ込んでいくタイプなんだろうね」

「論争みたいなことは？」

「するけど、彼とはなかなか話が合わないんだそうだ。堀井だって、ついていけなくなったらしい」

「へえ。それにしても変な事件になってきたよ」

と、夕湖は言った。

「そうなの？」

「最初に殺された人は鉄道マニアで、ビジネスにまでしちゃってたよね。二番目に殺されたのは重機マニアだったの」

「重機かあ！」

「そして三番目が幕末マニア」

「マニアばっかりなんだ」

「しかも、鉄道、重機、幕末ってどこでどういうふうにつながるの？」

夕湖が混乱した口調でそう言うと、電話の向こうで月村は冷静な声で言った。

「つながるんだよ、たぶん」

第六章　東京駅の地下

1

月村は気になって、一人で東京駅を見に行った。

夕暮れどきである。

青く沈んだ空気のなかで、東京駅の煉瓦の色が、泰西《たいせい》の絵画のように美しい。取り壊される案もあったらしいこの駅だが、復原保存を選択して、本当によかったと思う。

もっとも、こっちにお金をかけた分、月村が利用する八重洲口のほうは、ちょっと質素過ぎたような気がしてしまうのだが。

東京駅は、大正三年（一九一四）に完成した。

設計者は、「日本近代建築の父」と呼ばれる辰野金吾である。

だが、すんなり辰野に決まったわけではない。

東京に中央駅をつくろうという計画が持ち上がったのは、明治二十九年（一八九六）のこと。当時、上野駅や新橋駅など、始発駅はいくつかあったが、それらをひとつにつなぐことができる中央駅は存在していなかった。

土地はあった。いまの東京駅があるあたりは、草が茫々《ぼうぼう》と生えた広大な空き地になっていた。上野と新橋を結ぶ線上にあり、飯田町《いいだまち》から御茶ノ水まで来ていた鉄道ともつなぐことができる場所は、ここしかなかったのである。

当時は、国威発揚の時代である。

おりしも日露戦争に勝利し、大日本帝国は意気軒高であった。

最初に、二人のお雇いドイツ人技師が関わった。

ヘルマン・ルムシュッテルが、通過式の中央駅にすることや、高架線にしてその上を列車が走るようにするといいといった、基本構造をつくった。

これに則《のっと》り、フランツ・バルツァーが、設計を始めた。

それは、千鳥破風《ちどりはふ》、唐破風《からはふ》という日本独自の屋根を取り入れた、いかにも日本的なデザインのものだった。

だが、西洋に追いつき、追い越せという時代である。日本回帰のデザインは、当時の気分に合わず、却下された。

月村は、残っているバルツァーの設計案を見て、

――これでもよかったのではないか。

と思ったことがある。

京都駅にしてもいいような趣《おもむ》きで、いまとはまた別の風情が生まれていたに違いない。

だが、却下されてしまい、かわりに登場したのが、東京帝国大学工科大学学長なども務めたことのある辰野金吾だった。

辰野は、佐賀藩出身とよく誤記されるが、正しくは唐津藩出身である。実家（姫松《ひめまつ》家といい、辰野は叔父の名字で、金吾は後に養子に入った）は下級武士だった。どれくらい下級かというと、唐津藩では家臣を十二段階に分けていたが、辰野の実家は十一番目。戦のときは、槍《やり》も持たせられず、後方で飯炊きを担当するような身分だった。

生年は嘉永《かえい》七年（一八五四）、貧しい家だったが、苦学の末、明治六年に工部省工学寮に入り、ここを首席で卒業した。その後、英国に留学もしている。

東京駅を設計するときは、すでに国立銀行も設計していたほど、当時の建築界の第一人者になっていた。

辰野がいくつかの案を経て完成させたのは、ヨーロッパの建築に影響を受けた、赤煉瓦に白い石を配した洋風建築だった。

東京駅は赤煉瓦の表面が目立つが、内部は鉄骨造りである。すでにコンクリートの技術も伝わっていたが、辰野はそれを採用せず、赤煉瓦を採用した。

地震国であることも考慮し、きわめて頑丈な建物を目指した。鉄骨だけでも頑丈なのに、煉瓦でも地震に耐え得るような設計にした。

その頑丈さは、大正十二年（一九二三）の関東大震災でもびくともしなかったことで証明されている。

着工から、当時としては異例の六年の歳月を費やして、大正三年に東京駅は完成した。ステーションホテルも、当初から設計に取り入れられ、翌年から精養軒によって営業が始まっている。

辰野金吾は、その完成は見届けたが、五年後の大正八年（一九一九）に流行したスペイン風邪にかかって亡くなった。享年六十四。

鳴り物入りで誕生した東京駅だったが、ただ、開業当時は決して好評ではなかった。

当初、東京駅は中央に皇室専用の出入り口がつくられ、南口が乗車専用、北口が降車専用となっていた。このため、使いにくいとか、あまりにも皇室優先ではないかという意見も出ていた。

「辰野はもう古い」

という意見も、若い建築家たちのあいだで建築界で囁《ささや》かれたのである。

しかし、もはや建て替えは容易ではなく、利用法の変更やホームの新設移転などを繰り返し、東京駅は使われつづけた。

東京駅の最大の危機は、太平洋戦争末期の昭和二十年（一九四五）五月二十五日夜のことだった。

Ｂ29爆撃機が落とした焼夷弾《しょういだん》が駅舎の屋上などに落ち、たちまち炎上、駅員の必死の消火活動も空《むな》しく、外郭を残し、炎上してしまった。

だが、翌一日のみ休業しただけで、東京駅は五月二十七日には営業を再開。百年以上にわたる東京駅の歴史のなかで、営業できなかったのはわずかにこの一日だけである。これは、大いに誇っていいことではないか。

その後、急いで修復がおこなわれ、三階建てだった駅舎は二階建てに、ドーム型だった屋根は八角形に変更され、昭和二十二年（一九四七）には、工事も完了した。

昭和二十年代から平成なかばまで見ていた東京駅は、この急いで修復された姿だったのである。

そして、まったく新しい東京駅の建築などが提案されたが、結局、当初の建物に復原することが決定し、現在の姿になったというわけである。

その東京駅を眺めるうち、月村はふと、大事なことに気がついた。

いまの東京駅は、見た目こそ大正三年に完成した姿に復原されたが、じつは最新の免震装置も兼ね備えた新しい建物になってもいるのだ。

その免震装置は地下にある。すなわち、もっとも大変だった工事は、見た目にはまったくわからないのだ。

それには、当然、多くの重機が駆り出されたはずである。

——重機……。

その現場は、重機マニアだったら、ぜひ見たかっただろう。作業に参加もしたかっただろう。

——殺された木島鷹志も？

いや、そんな馬鹿なことはない。木島は二十二歳だ。

東京駅の復原工事が完成したのは、二〇一二年なのだ。地下の工事はそれより数年前だから、木島はまだ中学生くらいだった。

そんな年齢の子が、あんな現場で働けるわけがないのだ。

だが、月村は重機に関して手がかりを摑《つか》んだ気がした。

2

月村はさらに考えた。

東京駅の耐震補強のため、下ではさらに深く掘り進んでいた。

そこは江戸時代の地層だったはずである。

月村はノートパソコンを取り出し、江戸時代の幕末期の切絵図《きりえず》を画面に出した。

これに、現代の地図をかぶせることができるようにしてある。

——東京駅があったのは……。

丸の内の東京駅舎は、三つの大名屋敷の上に建っていた。

それは、北から下総関宿《しもうさせきやど》藩邸、備前岡山藩邸、三河西尾藩邸だった。

関宿藩邸と西尾藩邸は上屋敷だが、大藩である岡山藩邸は、道を挟んだところにある上屋敷の向かい屋敷と呼ばれたものになっていた。

——下総関宿藩？

たしか、あそこからは幕末期に老中が出ていた。

家にある史料を調べに帰る時間は勿体《もったい》ないので、不確かなことも多いが、いちおうネットで調べてみた。

やはりそうだった。

藩主は、久世広周《くぜひろちか》。この人は、過激な尊皇攘夷《じょうい》派と対立した公武合体派で、長州の家老・長井雅楽《ながいうた》が出した航海遠略策の熱心な支持者だった。

——航海遠略策か！

これは、いまさら攘夷など無意味であり、むしろ積極的に通商をおこない、国力を高め、そうして皇威を高めていくべきであるという、開国論だった。

これは長州藩内にも支持者がいて、いったんは藩論もこちらに傾いたほどだった。

だが、そんな惰弱なやり方は駄目だと、吉田松陰の愛弟子だった久坂玄瑞《くさかげんずい》たちの反感を買い、暗殺まで計画され、やがて藩の意向が変わると、久坂や高杉晋作らの画策で藩主・毛利敬親《もうりたかちか》から切腹を言い渡されてしまった。

ところが皮肉なもので、徳川幕府を倒したあとは、長井に反対していた人たちも、航海遠略策に沿って邁進《まいしん》し始めるのである。もっとも吉田松陰にも、航海雄略論という策があって、この説に沿ったという見方もできるのだが。

――それにしても長州の評価は難しい。

と、月村はしばしば思う。

もし、この国に突如、重大な危機が訪れたとしたら、まずは冷静に対応しようと努めるのは賢明な態度ではないか。

だが、吉田松陰は、逆に生ぬるいことでは世のなかは変わらず、過激になれと説いたのである。当然、長井雅楽の説は、生ぬるい、幕府に甘いということになった。

そして、過激に走った吉田松陰たちの愛弟子《まなでし》のほとんどは、維新を前に亡くなってしまうのである。

その死を、維新の礎《いしずえ》と見るか。

あるいは、可哀そうだが、無駄死にだったととるか。

現代においても、吉田松陰の評価は高い。なにせ、松下村塾は世界遺産にまでなっているのだ。

——もし自分があの時代に生きたとしたら、やっぱり久坂や高杉を止めたのではないだろうか。

月村には、どうしてもそういう気持ちがある。

たしかに、久坂や高杉などは魅力のある人たちだった。とくに高杉は、キャラクターの面白さでは、幕末屈指の一人だろう。

——やっぱり過激過ぎたのではないか……。

長井雅楽にしても、せいぜい謹慎程度にしておけばよいのに、切腹までさせてしまった。

——そういえば、殺された片岡喜良人はどういう考えだったのか。

月村は気になって、何度もメールなどをもらったという編集者の堀井次郎に電話をしてみた。

「おう、月村か。そろそろ茶の湯の原稿入れてくれよ」

「うん、わかってる。ところで、殺された片岡喜良人だけど、彼は幕末でも肩入れしてる人物はいたのか？」

「彼は、薩長側だよな。新選組や会津側ではない」

「うん」

「長州ファンだったけど、彼は異端だよな」

「というと？」

「吉田松陰のことは否定的だった」

「ほう」

「歴史上の評価もそれほど高くなくて、むしろ松陰派とは違うところで歴史が動いたという言い分だった。松陰一派は、単に無駄な血を山ほど流すことになっただけだと」

「なるほど」

「桂小五郎の評価は高かったよ」

「やっぱり」

「桂小五郎の人気がいまいちであるのは、面白い小説が桂小五郎にはないからだって言ってたよ。高杉晋作や坂本龍馬の人気は、小説のおかげだと」

「うん」

「おれに、文才があれば、桂小五郎を主人公にして、幕末を描くとも言ってたな」

「それはいいねえ」

「それと、長州ファイブだと」

「長州ファイブを買ってたのか」

つい、声が大きくなった。

井上勝が現れた。片岡喜良人の死に場所に、意味が出てきた。

もしかしたら、井上勝の銅像のところだったから、片岡は井上勝の銅像前で待ち合わせた？

「たしかに長州ファイブの影響は大きいよな」

と、堀井は言った。

「大きいなんてもんじゃないだろう」

月村はうなずいた。

幕末から明治維新の歴史を見るときに、歴史ファンはどうしても人間のドラマとしてだけ見てしまう。

だが、あの激動には、西洋の新技術がずいぶん関わっていた。

ペリーの来航にしても、あそこで蒸気船と最新の武器がもたらされたことが、歴史を大きく動かしたと思うのだ。

そして、まさに長州ファイブは、その新技術と大きな関わりを持っていたのである。

「その背後には、桂小五郎がいた」

と、堀井は言った。

「そうなんだよな」

伊藤博文は、松下村塾出身者の一人とされるが、通ったと言っても久坂や高杉のように松陰から目をかけられていたわけではない。

むしろ、桂小五郎に可愛がられて大きくなっていった。

長州ファイブのほかの四人は、松下村塾には行っていない。

しかも、外国の艦船に大砲をぶっ放そうというときに、密航していく五人に資金を提供した背景には、桂の開国論に同調する人たちがいたのである。

「でも、吉田松陰を神として敬ういまの長州ファンからすれば、邪説にされてしまうだろうな」

「そうだよな」

「おい、月村。だから、片岡は殺されたって言うのか？」

「それはわからないよ」

と、月村は言ったが、大いにあり得るかもしれないのだ。

3

月村が東京駅の前で思案にくれているころ――。

そこから近い丸の内警察署の仮庁舎では、大変な事実が明らかになっていた。

「大変です」

電話を受けた丸の内署の捜査一課長が、署長に言った。

「どうした？」

「例の、いちおう念のためにしてもらった司法解剖の結果、事故死だったはずの片岡喜良人の体内から、永浜三起矢と同じ薬物が見つかったそうです」

「なんだと」

部屋中に驚きの声が上がった。

ちょうど部屋にいた夕湖も、これには驚いた。

ネットで永浜のオークション履歴を調べていた笹山も、

「どうなってるんだ」

と、つぶやいた。

「たぶん、事故の前に亡くなっていると」

「では、死体に車を激突させ、銅像の台座に頭部を当てたことになるのか？」

と、署長は言った。

「そうなりますね」

捜査一課長が言った。

「そんなことやれるか？」

署長は周囲を見回した。

笹山が立ち上がり、

「やれるでしょう、逆に。遺体を轢き、それをボンネットの上に載せて、あの台座に向かって突進し、急ブレーキを踏むんですよ」

と、言った。

元ナナハンの鬼の発言だけに、説得力もある。

「おい、交通課には連絡したか」

署長が捜査一課長に言った。

「いま、行きます」

「現場はもう、検証が終わっているだろうが、その線で矛盾がないか、もう一回、調べ直させてくれ」

「はい」

と、捜査一課長は出て行った。

「ううむ」

署長は唸《うな》った。

「これで完全に、二つの殺しは物理的にもつながりましたね」

笹山がそう言うと、

「だが、犯人逮捕につながるものはまだ出て来てないぞ」

署長はそう言って、持っていたボールペンを、煙草みたいにすぱすぱ吸った。

4

月村は東京駅からもどると、茶の湯についての原稿を三時間ほどかかって、原稿用紙十五枚にまとめ、堀井の編集部にメールで送った。

そこへ、夕湖がやって来た。一時間ほど前、今日もそっちに泊めてもらえるかと、メールが来ていたのだ。もちろん、月村はそのほうが嬉しい。

夕湖の家も、大きな事件で捜査本部に入るときは、無理して帰って来いとは言わないらしい。

「ご飯は？」

と、月村は訊いた。

「おにぎり一個だけ」

「じゃあ、おなか空いただろ。冷凍しておいたカレーならあるけど」

「ご飯は要らないからカレーだけもらう」

それからシャワーを浴び、解凍した相当に辛いチキンカレーを味わい、

「じつはさ」

と、すでに記者発表をした片岡の死因について語った。

「そんなことかと思った」

と、月村は言った。

「そうなの？」

「ぼくは考えたんだけどさ」

と、東京駅地下の免震工事の重機のことや、片岡の歴史観について語り、

「もしもだよ、東京駅の地下から、なにか凄いお宝が出たら、三人がつながる元になるんじゃないかと思ったんだよ」

と、言った。

「お宝？　小判とか？」

「小判？」

「昔、銀座の地下から出たことがあるって聞いたことあるけど」

「小判じゃないと思う。永浜のような鉄道グッズのブローカーが欲しがり、片岡のような幕末マニアも欲しがるものだろうね」

「なるほど、そういうのが東京駅の地下からねえ」

「ただ、それを木島鷹志が見つけたとすると無理がある」

「年齢のこと？」

「ああ。東京駅の地下工事がおこなわれたのは、いまから十年近く前だろうから」

「当たってみるよ」

と、夕湖は言った。

翌日――。

夕湖は笹山と相談し、もう一度、木島鷹志の実家を訪問した。

「難しいみたいですね」

と、母親は言った。

「ええ。でも、間違いなく迫っていますのでね。それで、鷹志くんなんですが、重機マニアになったきっかけとかはあるんですか？」

笹山が訊いた。

「それは、以前、近所にいた土本《つちもと》さんていう人の影響ですよ」

「土本？　どういう人です？」

「自分で重機を持って、現場に行くんです。自宅に三台くらい重機があって、鷹志はよくそれを見に行っていて、夢中になったんですよ」

「いくつくらいのときからです？」

「小学生のときからですよ」

と、嫌な顔をして言った。

この母親からしたら、悪魔とめぐり合ったような気持ちなのだろう。

「その人はいまも？」

笹山はさらに訊いた。

「いいえ、引っ越しましたよ。重機が置ききれなくなったと聞きましたけど」

「土本さんは、会社をされてたんですか？」

「さあ、どうなんでしょう。ただ、〈重機の鬼〉とか呼ばれて業界では有名な人らしいですよ」

この返事に、夕湖は噴き出したくなるのを我慢した。

重機の鬼に、ナナハンの鬼が会いに行くことになるらしい。


木島家を出てから、試しにネットで重機の鬼を検索したら、ちゃんと土本丈《じょう》の名前が出て来たので、夕湖は今度こそ噴き出してしまった。

「自分で名乗ってますよ、重機の鬼って」

「そうなのか」

「会社ではないけど、重機の鬼・土本丈が、重機の仕事ならなんでも請け負うと書いてありますよ」

「会社じゃないんだ」

「あ、ここからけっこう近いですね」

電話をすると、いま、家にいるというので、すぐにタクシーを拾った。

「ここだ。凄い」

タクシーを降りたところは、かなり広い空き地になっていて、そこに八台ほどの重機が置いてあった。入り口の看板には、なるほど、

「重機の鬼・土本丈」

と、書いてある。

掘っ立て小屋のような建物があり、それが事務所兼住まいらしい。

敷地に入るとすぐ戸を開けた笹山に、土本は、

「なに？　木島鷹志のことで訊きたいって？　なんかやったの？　交通違反じゃないだろ？　まさか、業務上過失致死じゃないよな？」

歳は四十くらいか、にこにこしながら乱暴な口調で言った。敬語などというのは使い慣れていないのだろう。

「木島鷹志、死んだよ」

笹山もざっくばらんに言った。

「え？」

顔色が変わった。

「新聞とか見ないんだ？　ニュースとかも？」

「ああ。どうしたの？」

「殺されたんだよ」

「あいつが……ほんとかよ」

土本丈はそう言って、泣き始めた。

なにかぶつぶつ言っていたが、それが終わるのを待ち、

「木島はあんたの影響で重機に嵌《は》まったんだろ？」

と、笹山が訊いた。

「ああ、ほんとは大学とか行って、サラリーマンになりゃあいいのに。もっとも
おれもずいぶん教えたりしたからな」

「ここで働いたことも？」

「ここではないよ。ここの重機はおれしか乗らないから」

「そうなんだ」

「ほかのやつに使わせると、変な癖がついたりするし、おれなりの改造もしてる
から、逆におれじゃないと事故起こすかもしれねえしよ」

「じゃあ、ここにあるのは？」

「ぜんぶ、おれが乗って、依頼された仕事をこなすんだよ」

「へえ」

笹山は感心してから、

「それで、訊きたいんだけどさ。あんた、東京駅の復原工事とかやってない？」

「ああ、やったよ、十年くらい前に。そこの重機使って。難しい掘り起こしだから手伝ってくれって、大林《おおばやし》の人に頼まれてさ」

「なるほど」

「そういえば、鷹志をあの現場に連れてったことがあったよ」

「現場に？」

「現場って言っても、ほんとに掘ってるところには近づけないからな。工事にかかるところまでだけどな。でも、目隠しの隙間《すきま》から、なかがのぞけたりするから、あいつは熱心に見ていたよ」

夕湖は胸が高鳴り、

「木島鷹志くんになにかあげませんでした？」

と、思わず訊いた。

「なにか？」

「掘り出したものとか」

「ああ、やったかもな。掘り出した石をくれって言われたんだけど、石じゃなんだし、ちょうどなんか変なのが出て来たんで、それをやったっけ」

「どういうものでした？」

「覚えてねえな。泥まみれだったし」

「大きかったですか？」

「大きくはない。縦長の箱みたいなやつ」

「箱？」

「筆箱を大きくしたみたいなやつだったような気がするけど、忘れたな」

「木島くんは？」

「喜んでたよ。こんな凄い現場を見たのも初めてだし、記念の宝物にするって」

夕湖は笹山と顔を見合わせた。

ついに核心に迫りつつあるのかもしれない。

「そういうことってよくあるのかい？」

笹山が訊いた。

「よくではないけど、そりゃあ地下を掘れば変なのは出るよ。ただ、うっかりすると工事がストップするからさ。文化財がなんたらって。出ると困るみたいだぜ」

「木島は最近もここへ？」

「三月《みつき》くらい前、遊びに来てたけどな」

「なんか話してました？」

「そういえば、最近は変な野郎が現場に来るって」

「変な野郎？」

「歴史のマニアで、皿のかけらでも大喜びするって」

それが片岡喜良人だったのではないか。

5

夕湖と笹山は、そこから新橋のイースト商事に向かった。

今日は父親がいて、片岡の部屋に案内してくれた。

「じつは、置いてある歴史の遺物を見せてもらいたいんですよ」

と、笹山は言った。

「ああ、どうぞ、見てください」

いろんなものがある。バリカンまであって、なんでも高杉晋作のちょん髷《まげ》を落としたバリカンらしい。

土本が言った、細長い箱みたいなものはない。

「こういったものは、買って来るんですか？」

夕湖が訊いた。

「買ったのもあるし、自分で掘ったのもあるみたいですよ」

「自分で？」

「わたしもよく知らないけど、そのためにショベルカーの免許まで取ったとか言っていたけどね」

「そうですか」

「でも、詳しいことは知らないんだよ」

父親は悲しげな顔をした。

だが、それはどこの家でもそうなのだ。親が知りたくても、子どもは親になにも話していない。

「日記とかは？」

「ほかの刑事さんが調べていったけど、なかったみたいだね」

「そうですか」

夕湖はいちおう室内を写真に撮っておくことにした。

外に出ると、

「片岡と木島はどこかの現場で会ったのかもしれないな」

と、笹山は言った。

「わたしもそう思います」

「それで、話のなりゆきから、木島は宝物を見せたんだ」

「ええ」

「片岡は欲しかったら、売ってくれと言っただろうな」

「だが、値段で釣り合わなかった？」

「そういうこともあったかもな」

新橋の駅前に出た。

そこでは選挙演説がおこなわれていた。

まもなく参議院の選挙があるのだ。

立候補者の演説が終わり、応援演説が始まった。

最近、売り出し中の若い衆議院議員である。

その顔を見て、夕湖は、

「あ」

と、口を開けた。

「ほら、行くぞ、上田。演説なんか聞いてる暇はねえ」

「笹山さん、あの人」

「なんだよ」

「似てません?」

「誰に?」

そう言って、笹山は選挙カーの上を見た。

「あ」

笹山も口を開けた。

選挙カー上のその男は、

「この吉田さんこそ、現代に出現した吉田松陰と言ってもいいくらいです。わたしの恩師でもあります。このたび、やっと引っ張り出しました。激動の時代には、この人の実行力こそ必要なのです」

と、絶叫するように話している。
歳はずっと若い。
だが、顔立ちは、亡くなった萩原健一にそっくりだった。

第七章　消えた宝

1

衆議院議員の名は、佐賀島松太郎《さがしままつたろう》といった。

保守系の党ではなく、野党に属している。

だが、演説の中身はなんだか保守党みたいである。

演説はうまい。しかも、口舌が明確で、メリハリがある。ときおり、特定の聴き手に話しかけるようにする。聴衆をどんどん惹きつけていく。

まだ若く、三十五、六。論客ではあるが、このところ過激な発言で何度か話題になっていたはずである。

夕湖の後ろでおじさんの二人組が、

「あいつはヒットラーだな」

などと冷ややかな調子で言って、いなくなった。

演説が終わって、

「木島鷹志の携帯にかかってきた最後の電話は、永田町の駅の近くの公衆電話からだったんだよな？」

と、笹山は夕湖に訊いた。

「そうですよ」

「衆議院の議員会館も永田町のそばだぞ」

「そうですか」

夕湖は、議員にはまったく縁がない。

「気になるな」

「気になりますか」

「だが、かりにも衆議院議員だぞ」

「わかんないですよ、議員なんか」

と、夕湖は言った。政治家への尊敬の気持ちはほとんどない。これはまずいことだと自分でも思うのだが、ニュースや言動を見聞きしても、尊敬しろというほうが無理だろう。

捜査本部にもどり、ネットで佐賀島松太郎のことを検索した。

まずはホームページ。

なんとなく異様なキャラクターであることが、見え隠れしている。

写真はどれもよく撮れている。なにせ、人気のあった俳優に似ているくらいだから、支持者と握手しているだけでも様になる。

スーツなども相当いいものだろう。

主義主張を読むと、がちがちの吉田松陰シンパらしかった。

松陰先生の教えを守り抜くとも書いてある。

だが、夕湖にはよくわからないが、どこか一部の言葉だけを取り上げて曲解しているところがあるような気もする。

前に月村がこんなようなことを言っていた。

吉田松陰は亡くなったときでさえまだ二十代の若さで、彼の思想はまだまだ変わっていく可能性があった。もし、密航に成功していたら、ぜんぜん違う世界観になっていただろう。松陰が生真面目で純粋な青年だったことは否定しないが、彼の残した言葉を信奉し過ぎるのはどうかと思うと。

夕湖もそれを聞いて、なるほどなと思ったものだったが、佐賀島はまったく別で、幕末と現代を見境なく論じていた。

また、書き込まれた反論などには、とことん言い返さないと気が済まないらしい。ツイッターなどでも喧嘩《けんか》さながらのやりとりをしている。

敵をつくって、自分の味方を得るという手法なのだろう。月村ならぜったいにこういうことはやらない。

ただ、奇妙なのは、生まれは会津で、大学のときに山口県に行き、そのまま住んでいることだった。

「え？　会津出身で長州シンパ？」

思わず口にしてしまった。

「なんだって？」

笹山が訊いた。

「いや、さっきの佐賀島松太郎なんですが、凄い長州シンパなのに、会津出身なんですよ」

「へえ。そういうやつは、よほど地元とか身内が憎いから、逆に嫌がられるほうへ走ったんだろうな」

「そうかもしれませんね」

夕湖はそう言って、さらにネットの検索をつづけた。

2

捜査会議が早めに始まった。

夕方、捜査本部の看板が書き換えられ、『東京駅舎内殺人事件捜査本部』だったのが、『東京駅の歴史殺人事件捜査本部』に変わっている。

三人目の殺人が明らかになり、場所が東京駅とするには遠いし、歴史がらみを強調したほうがいいのではないかと、これに変わったのだ。途中で何度も捜査本部の名称が変わるというのは珍しい。

今日も新たな事実が判明した。

木島鷹志がなにやら宝物みたいなものを入手したことを笹山が発表した。

「宝物の争奪戦みたいなことも考えられる気がします」

という推論は、一部では面白がられたが、その証拠はなにもないのだ。

かえって謎は深まる結果になった。

　さらに笹山は、いままでは関連が疑われていたので発表していなかった東京ステーションホテルの幽霊の話も持ち出したうえで、

「たまたま見かけたのですが、衆議院議員の佐賀島松太郎が、萩原健一にそっくりなんですよ」

　と、言った。

「ああ、そうだね」

　署長がうなずいた。似ているということでは、以前からそう思っていたらしい。

「電話が永田町の駅近くからだったし、山口県選出で、なんか臭いんですが」

「だが、臭いだけじゃな」

「そりゃそうです」

「衆議院議員だろ」

「変なやつですよ。なあ、上田?」

　いきなり名指しされたが、

「はい。めっちゃ変な人です」

　と、答えた。

「ま、頭の片隅に置いておくということで」

署長は苦笑した。

つまり、本気では考えなくていいということらしい。

早めに始まった分、終わるのも早かった。

「ああ、痛飲したい気分だぜ」

と、笹山が言った。

「そうですか」

「なんか、荒唐無稽《こうとうむけい》な説に思われたみたいだ」

「そうですか」

「刑事ってのは、そういうのを馬鹿にするんだよな」

「はあ」

気持ちはわかるが、付き合うのは勘弁して欲しい。いっしょに飲んだことはないが、どんなふうに酔っ払うかは想像がつく。昔の自慢話に決まっている。他人から笹山の経歴を聞くと、たいしたものだと思うが、本人から聞いたら、うんざりするに違いない。

と、そこへ。

警視庁の巡査部長である吉行が来て、

「なあ、上田。今晩、名探偵と飲み会やれないか？」

と、訊いた。

「え？」

焦って笹山を見、

「さあ、わたしにはなんとも」

と、答えた。

笹山は案の定、名探偵って誰だよという顔をしている。しかも、飲み会ならおれもぜったい行くからな、という顔でもある。

「ちょっと電話してくれよ」

と、吉行はさらに言った。

「それでどうするんですか？」

「いや、なにげに相談でもしようかなと。じつは、ほら、うちの課長も彼のことはよく知ってるだろう。それで、さっき、課長のほうから言ってきたんだよ。歴史がらみだから、そういうアドバイスを求めるっていうことで訊いてもらえないかって」

吉行がそこまで言うと、

「誰のこと?」

と、笹山が訊いた。

「いや、歴史研究家の月村弘平くんていうんだけど」

吉行はちらりと、夕湖を見た。

夕湖は、あのことはないしょにという意味で、目配せをした。

「ああ、会ったよ、おれ。え? 彼、名探偵なんだ?」

笹山は、タメ口で訊いた。

ふつう、本庁の刑事には敬語で接する人が多いが、笹山は気にしないのだろう。

「いままでも何度も、歴史がらみの事件で貴重なアドバイスをもらってるんだよ」

と、吉行は言った。

「そうなんだ。あのぼろいビルに住んでる男が」

笹山はびっくりした顔をして、

「でも、なんで上田に訊くの?」

と、吉行に訊いた。

「いや、上田くんがいちばん、何度も相談してるんだよ。な?」

「ま、そうですかね。じゃあ、ちょっと訊いてみますか」

と、夕湖は電話をした。

「あ、警視庁の上田ですけど」

これで月村は周りに同僚がいると察してくれる。

「あ、どうも」

「じつは、うちの吉行がですね、いまから月村さんと飲み会ができないかなと言ってるんですよ」

「そうなの？　ぼくはどっちでもいいけど、それは受けたほうがいい？」

「ええ、まあ」

夕湖も、いまは正式に月村の力を借りたい気持ちである。

「いいよ」

「じゃあ、静かなところがいいんで、場所が決まったら、また連絡しますね」

と、電話を切り、

「いいそうです」

「じゃあ、あそこにしよう。個室もあるし」

吉行は、高級な中華料理屋に予約を入れた。

笹山が夕湖に、

「もちろん、おれもいっしょだよな」

と、言った。

3

出ようとしていた月村の携帯が鳴った。川井綾乃からだった。

一瞬、ためらったが、仕事の依頼かもしれない。

「もしもし」

「川井です。頭、なんともないですか？」

「ぜんぜん平気だよ」

「ごめんなさい。一つだけお伝えしておこうと思って」

「なに？」

「じつはわたし、あのとき、東京ステーションホテルにずっと泊まっていたんですよ」

「そうなんだ」

「忍び込んだわけじゃないんです」

「いつから？」

「あの十日ほど前から、わたしのマンションの屋上で水漏れ騒ぎがあり、工事などの関係で空けていたんです」

「そうなんだ」

「それで、あの部屋はもともとうちで営業用に押さえてあったもので、わたしが利用させてもらっていたんです。そこへ月村さんからあんな電話があったんで、これ幸いと」

「………」

「それだけは打ち明けておいたほうがいいかなと思って」

「ちょうど殺人があった日も泊まってたんだ？」

「ええ。でも、熟睡してて、朝も急いで飛び出したので、なにもわからないんです。それだけは言っておきたくなって。なんか、川井は泥棒みたいなことまでするやつだと思われたら、それはちょっとつらいんで」

話が長くなりそうだった。

「そんなことは思わないよ。ごめん、川井さん」

「はい？」

「これから打ち合わせで、いま、急いでいるんだよ。ごめんね」

と、電話を切った。


月村は、八重洲口に近いビルの地下にある中華料理屋にやって来た。初めて入る店で、豪華な中華料理屋だった。

中華料理屋は、最近言うところの町中華にしか入らない。

名前を言うと、奥の個室に通された。

夕湖たちはすでに来ていた。前から面識がある警視庁の吉行と、この前、家に来た丸の内署の笹山もいっしょだった。

中華ではおなじみの丸いテーブルに座った。大きなテーブルに四人で座るので、ゆったりした感じがする。

「やあ、名探偵。元気だった？」

吉行が気軽に声をかけた。

「ええ、元気ですよ」

「もう、参っちゃってさ」

「はあ」

「ごちそうで釣るわけじゃないんだけど、ちょっと智恵《ちえ》を拝借できないかと思ってさ」

「そうなんですか」

天下の警視庁が、智恵を借りるなんてそんなことを言っていいのかと、月村は夕湖を見た。だが、夕湖も黙ってうなずいたので、よほど困っているらしい。

「まずは、ビールでいい？」

「ええ。いただきます」

ビールを一口飲むと、すぐに、

「ニュースは見てくれているよね？　ずいぶん発表してるんで、いろいろ想像はできると思うんだけど、どう思う、月村くん？」

と、吉行はすぐに訊いた。

月村は前菜に箸《はし》をつけながら、

「最初に殺された永浜という人は、鉄道マニアだったけど、どうもブローカーみたいなこともしてましたよね」

と、言った。それも月村が見抜いたのだが。

「ああ」

「ということは、やはりそういうグッズとか、宝物みたいなものがからむと思うんですよ」

「なるほど」

そこで夕湖が、さすがに話していなかった重機の鬼が木島にあげたもののことを手短に話した。

「へえ、それは凄い。それですよ、それ」

と、月村は言った。

よほど料理がおいしいらしく、月村はビールをほとんど飲まずに、箸を動かしている。

逆に、笹山刑事はほとんど料理を食べずに、ビールから紹興酒《しょうこうしゅ》に替えて、うまそうに飲んでいる。

「それがどうなったんだと思う？」

吉行が訊いた。

「殺された永浜と、片岡と、そして連続殺人の犯人とのあいだで、争奪戦になったんでしょうね」

「木島は？」

「殺されて、無理やり宝物を奪われたんですよ」

「誰に？」

「だから犯人にですよ」

「証拠は？」

「いまのところないけど、ぼくにはそういう筋書きしか浮かびません」

月村は自信たっぷりの口調で言った。

「うーん」

吉行は考え込んだ。

それではあまりに覚束《おぼつか》ない話だろう。

黙って飲んでいた笹山が、ふいに月村と夕湖を見て、

「あれ？　きみたち、お似合いだな」

と、いきなり言い出した。

「なに言ってんですか、笹山さん」

夕湖が慌てたように言うと、

「あ、わりぃ。紹興酒で酔っ払ったかな」

と、頭を掻《か》いて詫《わ》びた。

そこへ月村の携帯にメールが入った。

見ると川井綾乃からである。

後回しにすることにした。

「宝物ねえ」

と、吉行が言った。

「ネットオークションに出した形跡はないですか？」

月村が訊いた。

「ないね。木島はパソコンは持っていないし、スマホにもそういう形跡はなかったはずだよ。な、上田？」

「なかったですね」

と、夕湖は答えた。

「そうですか」

「あ、でも」

と、夕湖が言った。

「なんです？」

「木島が重機の模型を並べていた棚に、空いたスペースがあったんです。そこに飾っておいたのかも」

「どれくらいのスペースでした？」

「たいしたことないです。じつは、木島は尊敬する先輩から、東京駅から掘り出したという縦長の箱をもらっていて、ちょうどそれが置けるくらいです」

「それが、たぶん正解ですよ」

と、月村は言った。

「宝物ってどういうの？」

吉行が訊いた。

「縦長の箱だったんですよね？」

と、月村が言った。

「ええ」

夕湖がうなずいた。

「文書かなあ」

「文書？」

吉行は不思議そうな顔をした。

「手紙かも」

「手紙？」

「仮定の話ですが、それはたぶん、幕末の歴史的な価値があるのと同時に、鉄道についても価値のあるものだったのでしょう」

「そんなものあるの？」

「それはわからないです」

月村は言った。

さっきの川井のメールが気になった。

まさか、変なことは考えないだろうな、とも思った。ちょっと突飛なところがあるから、思いがけないこともしそうなのだ。

さりげなくテーブルの下でメールを見た。

メールにしては、長い文章がつづいた。

「じつは、あの日、ホテルの一階にあるカフェで打ち合わせがあり、人を待っていたんです。それで、髪の乱れとか、化粧の具合を確かめるのに、自撮りをしたんです。よくやるんですけど。

それが残っていて、いま、見たら、たまたま後ろの人たちが写っていて、この人たちって、もしかしてニュースで見た殺された人たちじゃないですよね？」

そして、その自撮り写真が貼ってあった。

「え？」

なんと、殺された永浜三起矢と、片岡喜良人が並んで座っているではないか。

テレビのニュースでも何度も見た顔だから、間違いないだろう。

木島はいない。

その前には、顔は写っていないが、大柄な男がいる。

興味深いのは、表情だった。

永浜は憮然《ぶぜん》としていた。

一方、片岡は怒られたみたいに肩をすくめていた。

「二股《ふたまた》かけたのかな？」

と、月村が言った。

「え？」

夕湖が驚いて、月村を見た。

「なんです？」

吉行が訊いた。

「じつは、たったいま、こんな写真が来たんです」

と、月村は携帯の画面を皆に見せた。

「あ、この人」

夕湖は憮然としたが、

「綺麗《きれい》な子だねえ」

と、笹山が言い、

「誰です、この可愛い子は？」

と、吉行は訊いた。

「問題はこの子じゃないんです。後ろに写っている連中です」

皆はもう一度、写真を見た。

顔色が変わった。

「あ」

「これは」

「殺された二人ですよね？」

と、月村は確認した。

「間違いないです」

と、吉行が言った。

「しかも、この手前の男は？」

夕湖が笹山を見た。

「ああ、そうだな」

と、笹山もうなずいた。

「思い当たる男がいるんですか？」

月村は訊いた。

「いるんだけど、いまはちょっと言えないんだよ」

と、笹山が答えた。

4

月村はしばらく考え込んだ。

ただ、そのあいだも箸は動かし、黒酢を使った肉団子を、おいしそうに食べた。

それから、なにか考えがまとまったらしく、

「もしかしたら、片岡は永浜と売買したことがあったのかもしれませんね」

と、言った。

「あ」

笹山はなにか思い出した顔をした。

「どうしたんです、笹山さん?」

夕湖が訊いた。

「片岡の部屋にいろんなグッズがあったよな。上田、写真撮ってただろう?」

「撮ってます。月村さんに見てもらっていいですか?」

いちおう許可をもらう。

「ああ」

吉行がうなずき、夕湖はスマホの写真を見せた。

「棚にいろいろ置いてあるでしょう」

「どれどれ」

月村は拡大したりしながら見ていくうち、

「これ」

と、額縁に入った絵を見せた。

「絵ですね」

「これはたぶん、井上勝の最初の銅像の絵じゃないかな。本山白雲が銅像をつくるために描いたスケッチのような気がする」

月村がそう言うと、

「ちょっと見せて」

と、笹山がその絵を見て、

「あ、これ、永浜の資料のなかにあったぞ」

「じゃあ、永浜が売ったんですね」

月村がうなずいた。

「これで、つながりが見えてきたな」

吉行がそう言うと、

「いや、ぼくはこの写真からもっといろんなことを想像してしまいます」

と、月村は言った。

「どんなことを？」

「片岡が叱られたような顔をして、永浜は憮然としているでしょう。もしかしたら、この時点で、片岡は口約束でモノを持って来ていないとか、ちゃんとしたことをやってなかったのではないでしょうか？」

「あるいは、二股をかけた」

と、夕湖は言った。

「二股？」

月村は訊き返した。

なんだか、その言葉に月村を非難する意味があるような気がした。わたしと、川井綾乃さんを、天秤《てんびん》にかけていない？

「この前にいる男と永浜と」

「この前にいる男……」

「いいですか、吉行さん」

夕湖はまた確認した。

「どうしようかね」

吉行は迷っているらしい。

「有名人なんですね？」

月村が訊いた。

「そうなんだよ。迂闊《うかつ》に名前を出すと、いろいろ面倒なんだ」

「でも、それじゃ話が進まないですよ」

と、夕湖が言った。

「そうだよな、しょうがないか」

吉行が了解したので、夕湖は、

「じつは……」

幽霊騒ぎから萩原健一似の男の話、そして衆議院議員・佐賀島松太郎について話した。

「へえ。それは面白い」

と、月村は感心し、夕湖が検索した佐賀島のホームページを見た。

「この人は、吉田松陰の熱烈なシンパなんだね」

「そうなんですよ」

夕湖はうなずいた。

「しかも、かなり意図的に曲解してるなあ」

「やっぱり」

「しかも、剣道二段、空手三段だって」

「あ、それ見過ごしてました」

「ホテルのアトリウムで、血だらけになっていたのは片岡で、この人にぼこぼこにされたのではないですか?」

「ほんとだ」

夕湖と吉行、笹山は顔を見合わせた。

「ちょっと長谷川まっことに確かめましょうか?」

夕湖がそう言って、電話をした。

簡単なやりとりのあと、メールを送ると、すぐに返事が来た。

「やっぱり。どうもありがとう」

夕湖は電話を切り、

「ぜったいとは言えないが、こんな感じの男だったって。服にも見覚えがあるって」

と、言った。

「おいおい、なんかずいぶんつながってきたんじゃないのか」

吉行が身を乗り出すようにして言った。

「それで、片岡は佐賀島に脅され、なんとか現物を持って来ると約束した。だが、永浜はそれは自分のものだと言い張っていたら? 話はもう、ついているんだと」

月村は推理を進めた。

「佐賀島が、宝を自分のものにするために殺したんだな」

と、笹山は言った。

「でも、永浜は毒なんか飲む？」

夕湖が月村に訊いた。

興奮して、敬語を使うのを忘れている。

「その時点では、二人とも片岡に手玉に取られたわけですよね。まさか、殺されるとは思ってなかったら？」

「東京駅近くの店はあの時間は開いてないよ」

「部屋に飲み物があるでしょうが」

「部屋に？」

「監視カメラで、部屋の出入りのチェックはできないんですか？」

月村は訊いた。

もっともホテルというのは、プライバシーもからむので、やたらと監視カメラは設置できないのかもしれない。

「ちょっと待って」

夕湖がノートパソコンのデータを検索した。

「そうか。あの時点では、佐賀島らしきやつが写っていても、チェックしてなかったかもしれないな」

と、吉行が言った。

「あ、これ」

夕湖が画面を止め、吉行と笹山、それから月村にも見せた。佐賀島らしき男が永浜の部屋のあたりに入るところだった。

「こりゃ佐賀島だ……」

笹山が言い、

「どんどん辻褄《つじつま》が合ってきたな……」

吉行がつぶやいた。

月村以外の三人は、唖然《あぜん》としている。

5

「それからですよ。片岡がいままで手元になかった宝物を、なんとか木島から受け取ったんです」

月村は言った。

「木島は渡したのかね？」

吉行は怪訝《けげん》な顔をした。

「一日だけとか、あるいは預かり金みたいなものを渡したのかもしれませんね。預けるだけで多額のお金をもらえるなら、木島くんだって預けるでしょう」

「なるほど」

と、吉行はうなずいた。

夕湖は笹山を見て、

「あの人」

と、言った。

「高橋村正」

「誰だ、それ？」

「あ、あれは本間さんと行ったんだっけ。木島鷹志とアパートでいっしょに暮らしていた男なんですが、そこらのことを知らないかしら？」

「電話してみろ」

と、笹山が言った。

高橋はコンビニでいつもとは違うシフトでバイト中だったが、店は混んでないらしく、外に出て応じてくれた。

「アパートに、木島くんの友だちか誰かが、なにか取りに来たりしなかった?」

夕湖は訊いた。

「木島の友だち? ぼくは会ってないけど、誰か来たみたいなときはありましたよ。でも、そんなことはいちいち言わないし」

「なにか、無くなったものはない?」

「そういえば、重機の模型のなかにあった変なものが、いまは無いですね」

「変なもの?」

「なんか掘り出したやつだとは言ってたけど、ちゃんと見たことがないのでわかりませんよ」

「縦長の箱じゃなかった?」

「あ、そうそう。泥のついたみたいなきったないやつだったかも」

「大事にしてた?」

「でしょうね。あの棚のやつは、ぜんぶ木島の大事なものですよ。ぜんぶ、あいつの実家に返すつもりですが」

「いつ無くなってます？」

「ああ。わかんないなあ」

そこまでは無理だろう。

夕湖は電話を切り、

「あったみたいだけど、無くなってますね」

と、言った。

「やっぱり」

月村は言った。

「泥がついたきったないやつって」

「磨くと綺麗になるはずだけど、木島くんにとっては泥も宝だったんでしょう」

「それで、片岡はそれを佐賀島にのこのこ届けたのかね？　その時点では、佐賀島に永浜が殺されたと知ってるんじゃないの？」

吉行は怪訝そうに言った。

「そのときも、いっしょだったのかもしれませんね」

「逃げようがないのか？」

「はい。あるいは、脅されていたかも」

「脅されていた?」

「お前も共犯だとか。わざわざあんなところで永浜を殺したのは、歴史マニアのしわざだろうと」

「そういうことか」

吉行は、何度もうなずいた。

「では、木島を殺した現場が中央通路のあそこだったのも?」

と、夕湖が言った。

「片岡が犯人だと思われるように仕組んだのだろうね。たしかに、あの場所をわざわざ選べば、変な歴史マニアのしわざと思わせることはできる。というより、そう言って、片岡を圧倒しようとしたんだろうね」

「ああ、わかる気がする。あの人なら、そういうことをしそうな気がする」

と、夕湖はうなずいた。

「つまり、佐賀島松太郎がでっち上げようとした筋書きは、片岡が永浜と木島を殺し、自分は結局、事故に遭って死んでしまったというものだった?」

「そうでしょう」

月村はすでに確信を持った。

「なんと」

あれほど飲みたがっていた笹山も、もう酒を飲んでいない。

「木島の携帯は残っているんですよね？」

と、月村は訊いた。

「うん」

夕湖はうなずいた。

「かかっているはずですよ、電話が」

「おい、データ入ってるか？」

吉行が夕湖をうながした。

「入ってます」

夕湖は持ち歩いているノートパソコンで、この何カ月かの木島鷹志の通話記録を見直した。

「これだ」

と、夕湖は言った。

「あったか」

「党が世論調査をしたりするときに使う電話番号です」

「それか」

「二度、かかってますね」

「世論調査を二回やるわけないわな」

吉行と笹山の顔が緊張してきた。

現役の衆議院議員にとんでもない疑惑が浮上したのだ。

6

ここから先は、一般の歴史研究者に過ぎない月村弘平はとても目の当たりにはできないことだった。

しかも、予想に反したアクション映画みたいなことになり、思いがけない結末になったのである。

だが、マスコミの報道や夕湖の話から、月村は一部始終を思い浮かべることができたのだった。

丸の内署の捜査本部にもどった夕湖たち三人は、残っていた徹夜組の力も借りて、どんどん月村の仮説を補強していった。

いまは、あちらこちらに監視カメラが設置されている世のなかである。

東京ステーションホテルでも、東京駅でも、衆議院議員会館でも、事件にぴったり符合する佐賀島松太郎の姿が確認されていった。

また、木島鷹志のアパート近くにあるコインランドリーの監視カメラには、佐賀島が片岡を車に乗せて来て、金を用意し、それから紙袋を持ってもどって来るまでの一部始終が写っていた。

片岡は顔に怪我をしていて、ひどく怯《おび》えているふうだった。

翌日の夕方には、容疑はほぼ固まった。

とりあえず、任意で署に来てもらうことにした。

吉行が、議員会館の佐賀島の部屋に電話をした。

「警視庁丸の内署の者ですが、いまから佐賀島さんをお迎えに上がりたいのですが」

吉行の声は緊張していた。

「なんで？」

「東京駅周辺で起きた殺人事件のことで、お話をお聞きしたいのです」

「ぼくに？」

「はい。それと、最近、入手なさった歴史関連の品物もお見せいただきたいのですが」

「ああ、もう時間がないなあ。いまから、地元に向かう飛行機に乗るのでね」

「それは取りやめにしてもらいます」

「そうはいかないよ」

と、電話を切られた。

「逃げる気かもしれない」

刑事たちが十二人ほど、急いで議員会館に向かうことになった。

ところが、別件で出払っていて、パトカーが二台しかない。

「おれはバイクで行く」

と、笹山が言った。

いわゆる白バイは、警視庁の本庁の交通課に配備されているが、それとよく似たバイクは所轄にもある。

笹山はこれに跨《またが》った。

刑事たちは議員会館に急いだ。
幸い、廊下で出会った。
「なんだい、きみたちは？　無礼だな。木っ端《こっぱ》役人のくせに」
佐賀島はそう言うと、いきなり身を翻して逃走した。
地下に入ったらしい。
刑事たちは建物の造りがわからないから混乱した。
「車で逃げたぞ」
あたふたした。ただ笹山だけが、すぐにバイクに飛び乗った。
佐賀島の車は猛スピードで赤坂方面に逃げて行く。
笹山は、車に並びかけたりしつつ、追いかけて行く。
車はビルのなかに走り込んだ。どうやら、すべてが駐車場になったビルらしい。
螺旋《らせん》状の通路を突っ走る。
屋上まで出た。
そこから猛スピードで金網を突き破った。
「あの野郎！」
笹山が絶叫したがどうしようもない。

佐賀島の乗った車は地上に落下し、そのまま炎上した。

もちろん、佐賀島は即死。入手した宝物も持ち出していたのだが、それも焼けてしまった。


事件の全容が明らかになるにつれ、佐賀島がなんとしても入手しようとした宝物とはなんだったのか、マスコミでもずいぶん詮索《せんさく》がなされた。

有名な歴史学者が次々に駆り出され、推測を求められたが、回答できる者はいなかった。

むしろ、回答を避けたがる学者がほとんどだった。

月村の元同僚である園部学もテレビに引っ張り出されていたが、

「ちょっと想像は難しいですね。ただ、そうやって消えていく史料とかお宝はたくさんあるんですよ。関東大震災のときも、東京大空襲のときも、どれだけの歴史遺産が灰になっていったか」

と、慨嘆してみせていた。

あいにく、月村のところには誰も来なかった。

だが、月村はなんとなく推測できていた。

おそらくそれは、書状を入れる塗りの箱のようなものだった。そして、それにはいくつかの書状が入っていた。

一つはたぶん、長州藩の長井雅楽から、関宿藩から出た老中久世広周に宛《あ》てた文。それには、吉田松陰の弟子たちがおこなった長井に対するふるまいなどが詳しく記されてあったのではないか。それは、松陰を神のごとく敬う佐賀島にとっては、とても認められないものだったのだろう。

もう一つ。三つの藩邸は場所からいって当然、鉄道の駅に使用される可能性は、当初からあった。日本最初の鉄道は新橋駅から出発したが、あるいはもっと早く東京駅が企画された可能性もあるはずである。

その際、計画書とともに土地や屋敷を使用する依頼書なども作成された可能性はある。東京駅の最初の構想はどのようなものだったのか。それは鉄道ファンにとっては、貴重な宝なのである。

そうした文書が、建物が取り壊される際に散逸し、そして埋没してしまった。

それは充分、考えられることだった。

——だが、園部が言ったとおり、消える史料はいっぱいある。

月村はしばらくのあいだ、その想像に熱中したのだった。

7

月村が川井綾乃とばったり出会ったのは、東京駅の歴史殺人事件が解決して、十日ほどしてからだった。

場所は銀座の並木通り。

ここは月村が銀座でいちばん銀座らしい通りだと思っている。中央通りよりは、この通りのほうが歩いていて楽しいのだ。

この季節も、街路樹であるシナノキが葉をいっぱいに茂らせ、通り全体を緑色に染め上げている。

向こうから見覚えのある女性がやって来た。

Tシャツにゆったりしたパンツ。それに薄手の長いコートを羽織っている。さりげない装いだが、じつによく似合っている。

川井綾乃だった。

「川井さん」

「月村さん。偶然ですよ、これ」

川井綾乃は、言い訳するみたいに言った。

「わかってますよ、そんなことは」

「お買い物？」

「いや、たまたまです。あ、そうだ」

「なに？」

「東京駅の歴史殺人事件のこと」

「解決しましたよね」

「しました。じつはね、あの事件が解決できたのは、川井さんの自撮り写真のおかげだったんですよ」

「そうなんですか？」

川井綾乃は目を丸くした。その表情がまた、愛らしかった。

この人はいまから〈乃木坂46〉に加わっても、充分、人気者になれるのではないか。

「まさに証拠写真だったんです」

と、月村は言った。

「へえ」

「残しておいたほうがいいですよ」

「消しちゃいましたよ」

「なんで？」

「だって、あたし、写りよくなかったじゃないですか」

「え」

皆、あんなに可愛いとか綺麗だとか言っていた写真なのに。やはり、川井綾乃は自分に望むものが一般人とは桁違《けたちが》いなのだろう。

月村の携帯には残っているが、川井綾乃が消したものをいつまでも残しておくわけにはいかないかもしれない。

「じゃあ、仕事のほうはよろしく」

月村はそう言って、歩き出そうとした。

仕事のほうと強調したのはわかってくれただろうか。

川井綾乃は屈託なく微笑んで言った。

「もちろんです、仕事をね。では、また、素敵な探偵さん」

本書は書き下ろしです。

本作品はフィクションです。実在の個人、団体、施設とは一切関係ありません。

（編集部）

実業之日本社文庫　好評既刊

風野真知雄
月の光のために　大奥同心・村雨広の純心
初恋の幼なじみの娘が将軍の側室に。命を懸けて彼女の身を守り抜く若き同心の活躍！　長編時代書き下ろし、待望のシリーズ第1弾！
か11

風野真知雄
東海道五十三次殺人事件　歴史探偵・月村弘平の事件簿
先祖が八丁堀同心の名探偵・月村弘平が解き明かす、東海道の変死体の謎！　時代書き下ろしの名手が挑む初の現代トラベル・ミステリー！（解説・細谷正充）
か12

風野真知雄
信長・曹操殺人事件　歴史探偵・月村弘平の事件簿
「信長の野望」は三国志の真似だった!?　歴史研究家にしてイケメン探偵・月村弘平が、怪事件を追って日本を走る！　書き下ろし。
か14

風野真知雄
「おくのほそ道」殺人事件　歴史探偵・月村弘平の事件簿
俳聖・松尾芭蕉の謎が死を誘う!?　ご先祖が八丁堀同心の若き歴史研究家・月村弘平が恋人の警視庁捜査一課の上田夕湖とともに連続殺人事件の真相に迫る！
か16

風野真知雄
坂本龍馬殺人事件　歴史探偵・月村弘平の事件簿
〈現代の坂本龍馬〉コンテストで一位になった男が殺された。先祖が八丁堀同心の歴史ライター・月村弘平が、幕末と現代の二人の龍馬暗殺の謎を鮮やかに解く！
か17

実業之日本社文庫 か18

東京駅《とうきょうえき》の歴史殺人事件《れきしさつじんじけん》　歴史探偵《れきしたんてい》・月村弘平《つきむらこうへい》の事件簿《じけんぼ》

2019年8月15日　初版第1刷発行

著　者　風野真知雄《かぜのまちお》

発行者　岩野裕一
発行所　株式会社実業之日本社
〒107-0062　東京都港区南青山5-4-30
CoSTUME NATIONAL Aoyama Complex 2F
電話［編集］03(6809)0473［販売］03(6809)0495
ホームページ　http://www.j-n.co.jp/
DTP　ラッシュ
印刷所　大日本印刷株式会社
製本所　大日本印刷株式会社

フォーマットデザイン　鈴木正道（Suzuki Design）

ISBN978-4-408-55495-2（第二文芸）